Una novelista
en el Museo
del Louvre

Zoé Valdés

Una novelista en el Museo del Louvre

La otra orilla

Barcelona Bogotá Buenos Aires Caracas Guatemala Lima México Panamá
Quito San José San Juan San Salvador Santiago Santo Domingo

A Manuel Mújica Láinez, in memoriam

Al Museo del Louvre, por acaudalarme de sabiduría
y de belleza

A Pere Sureda, que me brindó la posibilidad

*M*is pasos resuenan en la galería principal, avanzo solitaria, al ralentí como en los sueños; conos de luz van trazándome el camino. Semejantes a sombreros puntiagudos de suave claridad mortecina, gigantes que penetran azarosos por los ventanales del Museo del Louvre y me invitan a perseguirlos, como en un juego infantil y antiguo.

—¡Señorita, señorita, el museo está cerrado!—alguien grita a mis espaldas.

Me doy la vuelta y sólo consigo divisar una silueta, la de un hombre alto, corpulento; de inmediato, el artefacto que lleva en la mano consigue enceguecerme con su portentoso reflejo; es una linterna ancha, redonda y de profundo espesor.

No, no es un farol, yo habría imaginado un farol, o un fanal antiguo, pero no lo es. Es una tosca y simple linterna, de las que se fabricaban cuando la guerra. Vuelvo a girarme, sigo adelante, el hombre corre detrás de mí, y cuando casi está a punto de agarrarme por el hombro, aprieto los párpados con fuerza.

De súbito, el vigilante se ha esfumado.

Entonces allí—en ese allí que es un poco más allá en el tiempo—, doblo a la derecha, penetro en la sala de La Gioconda o La Mona Lisa. *Nadie, nadie*, susurro. ¿Será verdad que el museo está cerrado? Y entonces, ¿cómo he podido entrar? ¿Cómo he conseguido introducirme en esta sala en penumbras? Apenas puedo vislumbrar los contornos del célebre retrato, protegido por una especie de urna de cristal irrompible.

Entrecierro los párpados, semejante a un gato receloso ante la mano que le tiende el pozuelo de pescado; finalmente, otra mano se posa en mi hombro. Es una mano cálida, de tacto suave, pero que después presiona fuertemente. Advierto que lleva dos anillos, uno en el dedo anular y otro en el meñique, dos gruesos anillos cuyo resplandor percibo con el rabillo del ojo. No me atrevo a moverme ni siquiera un milímetro, he dejado de respirar.

Es un hombre, pero no el mismo hombre, no se trata del guardián del museo. Es otro: «el guardián de las palabras», musita una voz femenina proveniente de otro cuadro. Poco a poco me vuelvo hacia él, lleva un bastón colgado al brazo, y va vestido con un traje elegante. No necesariamente caro, pero sí muy elegante, porque la elegancia la lleva en su mirada, en la manera de sonreír, y en los gestos, tan sinceros como estudiados, en cómo extiende el brazo contrario al del bastón y señala el rostro de la mujer más misteriosa de la historia del arte, La Gioconda. No hay nada espontáneo en esta figura, pero todo en ella es verdadero.

—Leonardo da Vinci constituye él mismo un misterio mayor, el del hombre como esencia del conocimiento. —Pronuncia esta frase sencilla, sin embargo llena de resonancias en sus últimas palabras: «esencia del conocimiento».

Avanzo un paso, entonces me doy cuenta de que conozco ese rostro, que sus rasgos me son familiares, incluso esa sonrisa apenas disimulada bajo un discreto bigote. Un novelista en el Museo del Prado, *Manuel Mújica Láinez,* Bomarzo, El unicornio, El Escarabajo... *Yo he leído ese rostro, esa voz, esas manos, esos gestos, yo he leído todo en este hombre que ahora me da la bienvenida en el Museo del Louvre, y este «ahora» sucede en el año 1983, durante el mes de diciembre.*

Acabo de regresar del entierro de otro ilustre escritor, Julio Cortázar, en el cementerio de Montparnasse. «Julio Cortázar, n'est pas là», me repitió su contestador automático, hasta que supe que en pocos días lo enterrarían, y fui a verlo, aferrada a un ramo de versos, cual «cronopia» desolada. «Julio Cortázar n'est plus là». Entonces caminé como una autómata, desde el cementerio de Montparnasse hasta el Museo del Louvre; la caminata duró un minuto, o un mes y medio, quizá años, todos estos años, no sé, no recuerdo esos detalles.

Yo me desplazaba cada día desde las tumbas de Marcel Proust en el cementerio de Père-Lachaise y de Serge Gainsbourg en el de Montparnasse —me dio por visitar tumbas bajo un invierno soleado, ése fue uno de los inviernos más gélidos, aunque luminosos, que ha vivido París— hasta el Museo del Louvre, y me lo encontraba absolutamente desierto, y en aquel «ahora» también me lo encuentro a usted, Manuel Mújica Láinez, maestro, y me gustaría tanto abrazarlo, y confesarle cuánto lo he leído, cuánto lo he amado. Leer es amar, me susurraba un antepasado.

Inundada de belleza, consternada ante tanta sabiduría, empecé a escribir poemas en prosa, acompañada de usted, señor novelista, devota a este sacerdocio que es la literatura, en este laberinto que son las palabras, a través de la lectura de sus obras, y de las visitas al Museo del Louvre. En La Habana yo poseía muy pocos libros buenos, entre esos pocos estaban los suyos, me los traían del extranjero. Y yo los leía con vehemencia, y escribía poemas a la Melusina, esa hada sinvergüenzona, que usted hizo sentar en mi Silla Turca, cual reina idolatrada.

Por estas cavilaciones ando, cuando intento tomarlo afectuosamente del brazo, entonces usted toma mi mano, y otra vez me invade la calidez de la temperatura de su cuerpo. Ya no hace frío, ya no es invierno. A través de los ventanales del Museo del Louvre observo cómo florecen tímidamente los árboles, flamboyanes coloridos en pleno París. ¡Absurdo!

Ambos nos sentamos en un banco, hemos recorrido de la mano un pequeño tramo, y ahora nos hallamos ante la monumental obra de Eugène Delacroix, La Libertad guiando al pueblo, sobre los acontecimientos del 28 de julio de 1830. Ambos observamos silenciosos a esa mujer con gorro frigio; ondea la bandera tricolor en ristre, los senos turgentes al descubierto también ondulan. Es un París doliente aunque glorioso, una ciudad sitiada, debido a esos tres días de rebeldía popular, los que se conocen como «Los Tres Gloriosos», por el 27, 28 y 29 de julio de 1830, contra los excesos liberticidas de Carlos X que llevaron al trono a Luis

Felipe, quien instituye la monarquía parlamentaria. Delacroix no quiso ilustrar los hechos, sólo se inspiró en el momento histórico para declarar su amor por la libertad, representada en esa hermosa mujer, corpulenta, valiente, que surca los cadáveres y los agonizantes en las calles. La Libertad guía, armada de una bayoneta, e insta a que los hombres, las mujeres y los niños (hay uno detrás de ella con un revólver en la mano alzada) la sigan, y en medio de la violencia, de la emoción, del deseo, los escolta una humareda de pólvora. Y la mujer avanza, con su escote abierto, el seno al aire, la mirada de hito en hito dirigida hacia quienes la rodean, su semblante sin embargo refleja serenidad. La obra posee un movimiento cinematográfico piramidal. Es una pirámide de cuerpos hambrientos de libertad.

—Yo vivo en Cruz Chica, en Córdoba, Argentina—me comenta usted de súbito.

—Yo aquí—respondo—. Por el momento.

—¿Aquí, en el Museo del Louvre?—pícaro, me guiña un ojo—. ¿Y cómo te llamas, Mona Lisa, por casualidad? ¿O prefieres Gioconda, o Joconda, o Jocosa?

Reímos a carcajadas. Bruscamente, rompemos el silencio con esa catarata de risas.

—¡Eh, eh, que ya he dicho que el museo está cerrado! ¡Vamos, desalojen!—El guardián aspaventoso se lanza a nuestra captura.

Me vuelvo hacia el maestro y ya no está, tal vez se haya escondido detrás o dentro de un cuadro, quizá haya escapado a través de una tela, hacia otro museo, el Museo del Prado.

Otra vez la linterna me enceguece; entonces corro, corro despavorida porque ahora estoy sola y empiezo a ver o a presentir sombras monumentales, busco la salida, y no la encuentro. Tropiezo con un mueble, caigo, me golpeo la cabeza con la punta de metal de la cómoda, pierdo la vista. Dormí durante mucho rato, eso parece.

Nunca más he podido salir del Museo del Louvre desde entonces; desde el año 1983 resido y convivo con los espectros dibujados o cincelados.

Ocurrió hace tiempo, fue a través de una visitante como supe que el novelista Manuel Mújica Láinez había fallecido en Cruz Chica, en Córdoba, Argentina, el 21 de abril de 1984; ha sido una de las noticias que más me ha emocionado en estos últimos veinticuatro años. No lloré, pero tenía como una daga clavada en el centro del esternón.

Durante veinticuatro horas o veinticuatro años, en fin, durante este tiempo literario; no sólo he visto las obras de arte del Museo del Louvre resistir durante el día, enmarcadas en sus cuadros, o inmóviles encima de los pedestales, aguantando ecuánimes exclamaciones de admiración o sonrisas irónicas hasta el aburrimiento, también han aguardado impasibles que los estudiantes las copien, y que los estudiosos se atrevan a acercarse con sus lupas, a criticar sus grietas, los desperfectos de una nariz, la ambigüedad de una sonrisa. Además he percibido cómo, no sólo durante la noche, intercambian sus puestos, salen los personajes a caminar o a bailar en las galerías centrales, conversan entre ellos, sin importarles estilos o épocas; por cierto, y esto es lo novedoso, en múltiples ocasiones, incluso de día y con las salas abarrotadas de visitantes, los personajes de los cuadros han abandonado al instante sus puestos (desde luego han sabido elegir a sus sustitutos, que han sido los propios asiduos al museo o visitantes extranjeros), quienes completamente contagiados con el síndrome de Stendhal, ese que padece aquel que sumamente impresionado por una pieza de arte, cae desmayado a sus pies, sobrecogido ante tanta belleza, se prestan para el juego de las simulaciones.

Ahí es donde el Cristo atado a la columna de Antonello da Messina aprovecha y se quita la corona de espinas, vigilando que nadie lo vea, se libera de la soga del cuello, enjuga sus lágrimas, y carga en peso al visitante, que por si fuera poco es un conocido jugador de rugby, y lo instala en su lugar, encasquetándole la corona y atándole la soga al cuello, mientras él decide salir a pasear un rato por el museo, mezclándose con el público; piropea a las jóvenes debutantes de la facultad de Bellas Artes, prueba un café de la máquina nueva que han instalado en la cafetería y le arrebata la pelota a un niño que se ha quedado lelo ante el seno pálido de Eros y Psique, de François Gérard.

Antonello da Messina pintó ese cuadro alrededor de 1476 y 1478, fue una obra de fin de carrera, de final de vida. Se nota que el autor ansiaba que el espectador se implicara personalmente en el sufrimiento del Cristo. Es un cuadro de devoción, que inspira el sacrificio divino. Al contemplarlo sentimos un escalofrío redentor, toda la genialidad y creatividad del artista se puso en función de ese objetivo: convertir la fe en fervor. En cine a eso lo llamaríamos primer plano cerrado al rostro del penitente, el nudo de la cuerda al cuello, las gotitas perfectas de sangre, las dos lágrimas que dan deseos de lamer en el rostro compungido marcan la intensidad del tema, el dolor espiritual más que físico, y sin embargo lo físico impera, porque mientras la mirada dirigida al cielo conmueve profundamente, la corona de espinas, la sangre, las lágrimas evocan la tortura del castigo. No hay que olvidar la columna, que simboliza la resistencia. Y la boca entreabierta, seca, sedienta. La Pasión de Cristo, la corona de espinas representa al Cristo ultrajado; la columna nos remite al Cristo flagelado, y la soga, al Cristo crucificado.

Psique y Cupido, más que Eros y Psique, debería llamarse la siguiente obra ubicada en otro sitio lejano del Cristo de Antonello da Messina. Ambos ruborizaron antaño a los pacatos. Ahora ella le ha guiñado un ojo al pequeño, sus muslos desnudos debajo de la gasa se mueven imperceptiblemente. Amor besa en la frente a Psique, pero no termina de abrazarla, vacilantes sus manos rodean la brisa que acaricia el cuello de la bella muchacha; danaide que entrecruza sus manos encima de su vientre de virgen serena. François Gérard es discípulo de Jacques-Louis David, el pintor propagandístico de Napoleón Bonaparte. Eros y Psique intenta insuflarnos el idealismo del amor, demasiado fijo, más próximo de la escultura que de la pintura, el beso del Amor es excesivamente puro, casi reticente.

El niño observa los pies entrelazados de la muchacha, y también advierte un ligero movimiento de los dedos.

Vuelve el rostro hacia su madre:

—Ellos quieren bailar, mamá.

—Vamos, mi cielo, es cierto, tienes razón, ellos quieren bai-

lar. Es la razón y el amor quienes están representados —intenta explicar la madre equivocándose—. ¿Dónde está tu pelota?

—No sé, la he perdido..., creo que... No, no la perdí, ha venido un señor, que estaba en un cuadro y me la ha pedido prestada.

La madre sonríe incrédula, y empieza a buscar el juguete entre las piernas de los visitantes, en vano. La hallará en otro salón, junto al Anciano con su nieto, *de Domenico Ghirlandaio. El viejo tiene una nariz desfigurada por forúnculos inflamados de pus; el niño, cuya figura no guarda proporción con la del viejo, observa absorto el rostro apergaminado del anciano. La pequeña mano descansa en la hendidura entre el brazo y el pecho del hombre canoso. La mujer recupera la pelota de su hijo y observa inquieta a esa extraña pareja. La pureza y salud del infante contrasta con el color mortecino de la piel del anciano, y esto provoca en la dama un visible rechazo.*

Todo eso he visto, en pleno día, y mucho más. No sólo en la noche los cuadros cobran vida, las esculturas danzan y juguetean con los cortinajes de las decoraciones; también les fascina recrear sus maldades diurnas.

La infancia de Omar
o la aventura diurna

Para ganarme unos francos (en aquella época todavía existía el franco), yo cuidaba de un niño de padres venezolanos; se llamaba Omar. Él, por su parte, me llamaba «el amigo». Le costaba enterarse de que mi sexualidad era femenina, y que yo era una mujer, para colmo adulta; para él yo era un niño de su edad, él contaba cinco años. En una ocasión lo llevé al Louvre, el museo estaba repleto de gente, como de costumbre, era una hora mala, después del almuerzo. Omar y yo nos detuvimos unos instantes frente a *La Gioconda*. Tuve que cargarlo para que pudiera ver bien el cuadro, los turistas abejorreaban empañando con sus respiraciones el cristal.

La Gioconda es un retrato demasiado visto, pero no hay una persona que no desee volverlo a ver; es una imagen que crea adicción. Es probable que fuese pintado en Florencia, entre 1503 y 1505, dicen los expertos en todos los libros. La dama, cuentan, es Lisa Gherardini, esposa del comerciante Francesco del Giocondo, sin embargo, no tiene rasgos de esposa, más bien pareciera que espera el anuncio de su compromiso. También es probable que la Gioconda jamás se viese a sí misma pintada por Leonardo di ser Piero da Vinci, el pintor más poético y más científico que haya dado la humanidad. Leonardo da Vinci amó desde el primer momento esta obra, tanto, que decidió no separarse de ella y llevársela consigo a Francia. No se sabe cómo esta pieza magistral formó parte de la colección de Francisco I. *La Gioconda* es la obra perfecta, el *nec plus ultra* del retrato del

Renacimiento. La ilusión trasciende la tela, la belleza supera al óleo para volverse más espiritual que carnal. La majestuosidad del retrato, de la figura, emergiendo de un paisaje natural, acrecienta el misterio de esta obra entrañable.

—Se parece a ti, amigo —dijo.

—Por fin me ves como lo que soy, como una mujer —respondo orgullosa de la comparación.

Omar me miró, midiéndome desde su estatura, con los ojos azules muy abiertos.

—¿Por qué dices que eres una mujer? ¡Tú eres un niño! La Mona Lisa es un chico —afirmó muy seguro de sus palabras—, *eh oui, c'est un gamin très sérieux,* es un chico muy serio. Está triste.

—No es un niño, Omar, es una mujer y se está riendo; se ríe con una media sonrisa.

Él se encogió de hombros y empezó a dar vueltas, con los brazos extendidos a ambos lados, como si quisiera emprender vuelo, en el centro de la galería.

—¡La Mona Lisa es un niño, es un niño! —repetía sin cesar.

—¡Para, Omar, para, detente! —exclamé, rompiendo el murmullo de los visitantes escandalizados, grité y se hizo un silencio acusador, y los rostros se volvieron hacia nosotros; todos se quedaron completamente inmóviles.

Los brazos de Omar levantaron una brisa espesa que se convirtió en viento furibundo, apagando la vela de *La Magdalena penitente*, de Georges de La Tour. La calavera rodó por la pierna de la joven hacia el suelo. Magdalena, reflexiva, y por suerte aún pecadora, nos miró de frente; suspiró, cubrió su hombro desnudo y se recogió el pelo en un vulgar moño.

La Magdalena, al menos esta Magdalena, no ha estado nunca de buen humor con Georges de La Tour, su pintor; porque si bien es cierto que esta mujer renunció a la mundanidad de cortesana por entregarse por completo a Cristo, por su fidelidad a Él, y que se retiró a la gruta de Sainte-Baume para cumplir penitencia, ella jamás fue una amargada, ni una resentida, «absorta en la meditación», desgraciada ante «la vanidad» y las frivolidades terrestres. ¿Qué tiene que ver ese horrible cráneo con su vida de pecadora? Ella no mató a ninguno de sus amantes. Es cierto que se ha convertido en una lectora de los libros sagrados, y que le gusta cavilar mientras su boca besa la cruz. Es verdad que siempre prefirió la austeridad a la opulencia, y que en mitad de su pasado a veces la invadían ráfagas de espiritualidad, como ella misma define esos momentos sombríos de soledad, que no podía remediar porque no sabía cómo. Cristo le dio la explicación, con la fuerza de su amor, dice ella. Cristo le dio su cuerpo, la tocó donde debían tocarla, la acarició en el punto donde faltaba que la tocaran y la iluminó por dentro con un «rayo anestésico», que diría Manuel Marzel. Por eso le habría gustado mejor que la pintaran de frente, y que la luz estuviese entre sus piernas, y que el pintor hubiese borrado a tiempo la calavera; que ella misma no entiende para qué sirve, como no sea para darle una patada y lanzarla bien lejos.

Omar seguía girando, tanto giró que desapareció en un torbellino de polvo y fue a incrustarse en el óleo de Jean-Baptiste Greuze *El hijo castigado*. Omar cayó dentro del cuadro, en el mismo centro de la trama, donde unos personajes se lamentan al pie del lecho de un moribundo. Un padre que no acaba de perdonar a su hijo, el que llora con el rostro entre las manos, arrodillado; tres mujeres dirigen sus gestos en diferentes direcciones, una eleva los ojos a un cielo imaginario, la mano en la sien, con la otra toma el brazo del anciano, un pequeño tira de su blusa. La segunda mujer, en el lado opuesto de la cama, sostiene el otro brazo del enfermo, y al mismo tiempo señala con su mano como hacia un camino, a un trecho desconocido. La tercera mujer sostiene un pañuelo y enseña a un joven, con el cuerpo doblado por el peso de su pena, lo que está padeciendo su padre.

Existe un cuadro antes de éste, ambos sobrios y rigurosos, que trata el tema moralizante del hijo pródigo. No es excesivamente descriptivo, pero sí elocuente en los gestos que representan el tema; ambos, el primero, *El hijo ingrato*, y *El hijo castigado*, condensan un drama cotidiano en un mito histórico. Omar ha entrado justo, como dije antes, en el segundo cuadro, se encuentra debajo de la mano de la dama, los ojos asombrados, las manos abiertas junto a su rostro redondo. ¿Cómo podré sacarlo de allí? ¿Cómo? Intento tirar de sus bucles dorados, pero los bucles son pinceladas secas, dadas desde hace siglos.

—¡Omar, Omar, ven! —susurro asustada.

La gente alrededor mío se ha paralizado, nada se mueve, los ojos fijos en la posición en la que quedaron cuando Omar empezó a girar semejante a un fenómeno meteorológico que arrasa con todo, transformado en un auténtico tornado. Sin embargo, los cuadros han permanecido intactos, ni un milímetro se han movido. Las pupilas de Omar se deslizan, aunque imperceptiblemente, pero hacen el recorrido contrario de nuevo; clavadas ahora en la escena creada por el pintor.

No tengo la menor idea de cómo extraeré a Omar de ese cuadro, ¿cómo podré devolvérselo a su madre? Me empiezo a desesperar.

—No se asuste, señorita.

Tengo delante a *La Virgen y el Niño con el pequeño san Juan Bautista*, llamado para colmo *La bella jardinera*, de Raffaello Sanzio, más conocido como Rafael, pero aún no me doy cuenta. La mujer viste peto rojo, con un ribete azul que bordea su escote, más bien recatado, aunque con una apertura; como un corte, a través del cual no podemos ni adivinar la forma apretada de sus senos. Juan Bautista apenas va cubierto, y sostiene un gajo o bastón. El Niño desnudo acaricia los rubios mechones recogidos de su madre.

—¿Que no me asuste? ¿Cómo voy a sacar a Omar de ahí? ¡Él no es una pintura, es una persona real, y mírelo, cómo está de tieso! ¡Ahora es óleo puro! —protesto sin percatarme de que converso con la Virgen.

—Iremos a buscarlo, no se inquiete —afirma la buena señora.

Entonces, en ese instante, me doy cuenta de que me hallo frente a una santa, caigo en la cuenta de quién se trata, y me hinco de rodillas; inclino la cabeza, avergonzada de mi conducta.

—Levántese, no sea inútil, ¿no ve que así me descubrirá? Nadie se ha percatado de nuestra presencia y de pronto usted hace todas esas murumucas ridículas... —La Virgen es sumamente simpática (por lo menos ésta), tan sonrosada, y tan abrigada, con una especie de manto azul, muy pesado por lo que advierto.

La mujer avanza hacia el cuadro, sus labios se mueven, el nombre de Omar resuena musitado en un susurro:

—Psss, psss, Omar, ven, vuelve aquí, niño travieso, tu cuidadora te espera, y tu madre se preocupará si tardáis en llegar. Ven, por el amor de Dios... y de la Virgen —dice mientras se santigua.

La imagen del Niño sigue impasible dentro del cuadro, pero a mi lado he advertido una presencia; una manita cálida agarra la mía. La cabecita rubia de Omar junto a mí (¿es el original o la copia?), me arrodillo, beso sus mejillas. El niño bosteza:

—Vamos, amigo, por hoy la aventura ha terminado; estoy fatigado.

Lo tomo entre mis brazos, lo levanto y lo mimo. Omar se duerme. Me despido, con un gesto de adiós discreto, de la Virgen y del Niño y del pequeño san Juan Bautista. Ella sonríe, lo que resulta novedoso; pocas vírgenes sonríen pícaras como lo acaba de hacer ésta. Más atrás, la Mona Lisa también esboza su eterna sonrisa, pero en ella es habitual.

Omar hoy en día tendrá unos veintitantos años, casi treinta, supongo. ¿Vivirá todavía en la isla Margarita?

Ángeles y abrazos nocturnos

Los nudos de las cuerdas que recogían los pesados cortinajes de brocado de color verde fueron desatados por manos misteriosas. Las columnas de alabastro fueron pulidas por las mismas manos. Pregunto a un joven vestido de cochero, bombín alto, pantalones ceñidos, chaqueta impecable, que pasa a mi lado acompañado de una bella joven en vaqueros y camiseta de la marca Zadig & Voltaire. No, tampoco él está al corriente de quién ha dedicado tanto empeño a desempolvar cortinas y lustrar mármoles y suelos de madera antigua.

Me acuclillo en un rincón a escribir lo que acabo de ver en un pequeño cuaderno que posee un cierre con una piedra de color esmeralda incrustada en la cubierta. Un cochero de época y una joven actual, salones resplandecientes, luz exuberante, nubes que transitan apresuradas detrás de los cristales de las ventanas.

—¿Escribe usted?

La voz viene de un hombre reflejado en un espejo enmarcado en oro. Lleva una rosa roja en la solapa de su traje de seda gris, la corbata también es gris, de tono más suave, y apenas aflora del chaleco imperceptiblemente rayado. No lleva peluca, es calvo, y sin embargo se ha rizado las largas patillas en dos extravagantes chorongos. Frente al espejo no veo a nadie, no consigo averiguar de dónde proviene el reflejo humano del caballero que pregunta nuevamente:

—¿Qué escribe usted? —insiste con el ceño fruncido.

—Soy escritora, escribo poemas, pero básicamente soy...

—¡Novelista! Ya me lo figuraba, ¡una novelista en el Museo del Louvre!

—No se alarme; llevo años viviendo aquí y jamás he molestado a nadie. Los novelistas no solemos molestar.

—¿Que no suelen molestar, que no suelen molestar? ¡Mi querida y ya compleja dama, eso habrá sido hace mucho, pero que mucho tiempo atrás! ¡Por acá estuvieron unos, un par de esos escribanos, que se hacen llamar...!

—Impostores. No son escritores, ni poetas, ni mucho menos novelistas, impostores, eso es lo que son —interrumpí de golpe.

—¿Cómo lo sabe usted? —inquirió extrañado.

—Los verdaderos novelistas sabemos descifrar los ademanes, indagamos en los rostros, sabemos leer en las pupilas antes de leer en las páginas. Somos observadores, en una frase. No es oro todo lo que brilla; eso ya lo sabrá usted.

—¡Mire usted que si lo sé! Fíjese, mi silueta lleva desde 1783 enmarcada en oro, en oro de verdad, y muy pocos reparan en mí... Sin embargo, cualquiera aparece con un tintineo *bling-bling*, y ya se creen los dueños del mundo. ¡Vaya desparpajo! ¡Escriba, escriba eso, por favor!

—Seguro que lo haré, buen amigo, seguro.

Me levanto para estrecharle la mano cuando me doy cuenta de que se trata de un espejo, y del reflejo de un hombre que no existe.

—¿Cómo la mano, cómo que la mano solamente? —protesta risueño—. ¡Venga, mujer! ¡Venga, abráceme!

Lo abrazo, naturalmente. Siento un corte frío en mi centro de gravedad, un aguijonazo en el ombligo, y la sensación de como si me cayera para dentro de mí misma. Reaparezco tumbada en el suelo de losas frías, rosadas y blancas, en forma de rombos disparejos.

Acabo de atravesar el espejo, no hay otra explicación.

Levanto la vista, mis pupilas al principio desleídas enfocan dos figuras pequeñas que corren hacia otra sala, llevan un lienzo una por cada punta. Van completamente desnudas, y lucen con cierto desparpajo dos alas blancas a la espalda; sus cabezas rutilan peinadas con rizos dorados. ¡Son ángeles que roban un cuadro! Eso creo.

Es de noche. La novelista, o sea yo, se halla en el medio del cuadro titulado *Alegoría relativa al establecimiento del Museo en la Gran Galería del Louvre*, de Jean-Jacques Lagrenée *el Joven*. Frente a mí, un niño de apenas unos tres años, también desnudo, me tiende la mano; le extiendo la mía. Distingo, nuevamente, dos alas que sobresalen de sus hombros. Me levanto y el niño se abraza a mis piernas, y con su manita se cuelga de mi peplo blanco, cubierto de una túnica morada; voy descalza, y llevo el pelo recogido con una cinta fina de terciopelo.

—¡Aquellos dos están robando una obra! —aviso alarmada.

—No, madre. —Detrás de mí, un adolescente coronado, también desnudo, y con inmensas alas blancas, me confunde con su progenitora—. Nuestros hermanos reorganizan aquella sala del museo. ¿Lo has olvidado?

Sus ojos claros me llenan de una extraña paz. Es probable que me haya transformado en aparición, o en una cita de un antiguo y polvoriento libro.

La novelista aprieta los párpados, vuelve a abrirlos; busca su bolso, que ha desaparecido, también la libretita de apuntes con la falsa piedra de esmeralda en el cierre.

—¿Soy vuestra madre? —Simulo no darle importancia al asunto.

Los dos ángeles asienten, el pequeño se mete el dedo en la nariz y lo reprimo instintivamente.

—Si es cierto lo que dicen, arrímense y abrácenme, ¡rápido! —susurro desconfiada.

Ambos obedecen, su abrazo es como un dulce manto que rodea mi cuerpo.

—¿Estoy dentro de un cuadro? —No hago más que hacer preguntas incómodas.

—Siempre lo has estado, madre —responde el adolescente.

Sus mejillas sonrosadas me inspiran a besarlas mil veces. Entonces debo aceptar que siempre he vivido encerrada en esta pintura, que soy una mujer que ha parido ángeles traviesos; y también, y para suerte de todos, muy trabajadores, que se encargan de redecorar el museo; porque por lo visto los otros dos ángeles también son mis hijos. O sea, tengo cuatro hijos, y los cuatro son ángeles. ¿Y yo qué soy?

—Una diosa —dice el pequeño.

—Calla, ignorante —replica el ángel mayor—. Eres una guerrera, madre.

Ambos comienzan a insultarse entre sí, el pequeño gimotea y luego llora desconsolado. Reclama a sus otros hermanos, quienes se acercan trotando más que revoloteando. Corren hacia mí:

—¡Madre, madre, has despertado! ¿Te agrada cómo lo hemos hecho? ¡La mudanza de estos lienzos no ha sido fácil, pues estaban un poco escondidos y apelotonados con los otros! Ahora habrá más espacio, mayor distancia, la luz se colará mejor... Sólo que, hemos regado un poco. ¿Podrías recoger ese busto olvidado en el suelo, el pincel, y el edicto enrollado? —ordenan a su hermano menor.

—Es demasiado pesado para él —protesto.

El hermano mayor intenta recogerlo todo. Y mi boca emite un quejido, enseguida un no rotundo.

—¡Tú no! Eres el rey de los ángeles, debes descansar y conservar tu fuerza. —Supongo que alguien me dicta esta frase, no tengo la menor idea de dónde proviene.

Los últimos ángeles que se me han unido me abrazan por el cuello, y el aliento de sus respiraciones casi consigue adormilarme; exhalan un perfume delicioso, nunca antes había percibido yo este aroma.

—¿No es cierto que mamá es una diosa? —pregunta el pequeño haciendo un puchero—. Éste dice que es una guerrera —y señala al mayor.

—Mamá, eres una danaide —afirma el tercer hermano.

—¡No, no, y no! ¡Es una odalisca! —grita enrabietado el cuarto hijo.

—No discutan, sólo soy vuestra madre. Sólo eso, cuido de ustedes. Trabajo, y me pongo a escribir de vez en cuando.

Una nube entra por la ventana, atraviesa el cristal, desciende a nuestra altura. Mis hijos se montan en ella, yo detrás. Nos acostamos abrazados encima de una mullida y esponjosa nube. ¡No puedo creerlo!

Es muy tarde. La novelista ve pasar un trozo de cielo que recorre todas las salas del museo con: ¿una diosa, una guerrera, una danaide, una odalisca? Lo que sea, va dormida, rodeada de cuatro ángeles, de edades diferentes.

Termino de anotar en el cuadernillo (que por fin apareció en el fondo de mi morral), y medito acostada en un canapé redondo forrado en terciopelo rojo; anoto lo que he encontrado en *El salón cuadrado*, obra de 1861 de Giuseppe Castiglione. Y me pongo a, ¿adivinen a qué? A soñar con los angelitos, arropada con una polvorienta capa de mosquetero.

Eude y el Escriba egipcio

La muchacha de cabellos negros, estirados hacia atrás, enroscados y sujetos con una redecilla de perlas, ojos también oscuros, como azabaches, acomoda su velo transparente encima de la cabeza mientras se dirige al encuentro del Escriba egipcio.

Se llama Eude, es pintora y poeta, y acaba de resbalar desde un poema del 965 a. e. c. hasta una vitrina de la sala egipcia; parece un retrato de Fayum. Es, en efecto, un retrato de Fayum.

Por el camino tropieza con un lancero de Paolo Ucello, de *La batalla de San Romano*, que andaba aturdido revisando la punta y el estado general de su lanza; pero cuando la joven se cruza un instante con él y pasa a su lado menos de un segundo, rozándolo apenas con la gaza de su falda, el hombre no puede evitar volverse, anonadado ante tanta belleza.

Eude lo vacila de reojo, le palpita el pecho aceleradamente, porque desde hace poco de más de un año, cuando un hombre la mira de ese modo, atravesando los tejidos de sus ropajes, desnudándola voraz, su cuerpo titila diferente. El lancero regresa sobre sus pasos, la detiene por la muñeca, intenta besarla en el cuello; pero ella lo mantiene a raya con su mano enjoyada apoyada en el pecho del guerrero. Entonces se suelta brusca.

—Ni lo intentes, me he entregado a la poesía y a la pintura exclusivamente. Mi cuerpo no será de nadie, mucho menos mi mente.

Y sigue de largo, complacida con la resistencia de su renuncia.

El hombre apenas consigue reaccionar ante tan temibles y resolutas palabras.

—Oh, belleza mía, ya puedes ver que sólo soy un simple guerrero. Te pido mil perdones, concédemelos.

Eude se vuelve, lenta, y le dedica una tierna mirada.

—No, no es el momento de aventurarme en el amor, pero te perdono. Te ruego que lo entiendas, valiente lancero. Y no soy tu belleza, que quede claro. —Sus facciones se endurecen.

El hombre regresa a su lanza. Ella se aleja.

Eude no puede pasar impasible delante de Victoria, la de Samotracia, oh, perdón, *La victoria de Samotracia*, y no hincarse en una profunda reverencia; mientras entona unos versos acompañada de un arpa que ha visto abandonada en una esquina. Eude nota un temblor en la figura alada mientras canta. Ella sabe que posee una voz de ensueño y que puede enamorar hasta a los mármoles de Paros. Eude canta a la *Atenea Niké*, a la Atenas que ofrece la victoria; y la fina tela que envuelve el cuerpo del supuesto mascarón de proa ondea levemente. Eude vuelve a colocar el arpa junto a la escalera; y no sin antes repetir la reverencia, reanuda sus pasos hacia la urna en donde reflexiona *El escriba egipcio*.

Eude no sabe aún por qué acude en busca del Escriba. Éste ignora por qué la ha esperado durante todos estos siglos. Sólo intuyen que deberán intercambiar secretos muy importantes, cuyo contenido únicamente recordarán cuando se miren a los ojos.

De madrugada, la novelista persigue a Eude, pintora de ojos aceitunados. La joven se detiene ante una manada de ocas salvajes que cruza el salón a todo vuelo, y recita un poema:

Independiente infiel de dudosa moral,
unes la pupila a la línea superior de los ojos.
Soy Eude la pintora de expresión desencantada.
En el Beatus de la catedral de Gerona 965 a. e. c.
he puesto hombres en mi letanía para sustituir la falta de temor.
La belleza ha cambiado de máscara. Yo, la seductora,
admiro el tarot, la que nunca gozará del destino de musa.
Halo cartas hacia mí. Todo pongo en la mirada.
Hasta la avaricia.

Si quiero ser libre, no es de esta cómica manera;
de ocultar los caprichos con un velo de cerveza.
La eternidad tiene su áspid en la virginal empuñando una daga.
En el varón vestido de japonés.
Uno nunca podrá gritar que algo súbito hace falta.
Uno nunca podrá acallar el desacuerdo
de los miembros de bronce estáticos en la danza.
En las avenidas y en los mares
griegos y griegas se desperezan de una noche de gansos salvajes.
Oremos entonces en honor de esas bocas.
La tragedia ha cambiado de máscara.
No quiere conocer tu eternidad. Mírate en Eude,
dibujante de ojos y sensaciones.
Tantos siglos de espejos podrían dejarte exhausto.
Mírate en Eude, exótico aventurero.
La eternidad ha cambiado de máscara.
«¿Cómo es posible no alcanzar a conocer mi eternidad?»
Eude cae desmadejada ante mis pies.

El hermafrodita despierta de su sueño, infinito hasta ese instante, porque ha oído el golpe de la cabeza contra el suelo. Marcha desnudo hacia nosotras; yo no sé qué hacer, acuclillada ante Eude. Contemplo los senos marmóreos del Hermafrodita, su sexo masculino sin embargo, erecto; la escultura se encuentra a poca distancia. No puede evitar un halo de ausencia en sus pedregosas pupilas.

Me pregunta qué le sucede a la pintora, por qué se ha desmayado. No sé, respondo imprecisa, debió de ser que no ha comido nada en varios días, o que anda con la cabeza revuelta de ideas, entre un poema y un cuadro, y la han atormentado esas ocas que huían del verdugo.

—¿Qué verdugo? —El Hermafrodita comprende poco de la situación.

—El que las entierra para hincharles el hígado y luego hacer *foie gras* con ellos... los hígados, quise decir...

—¡Calle, calle, qué espanto!

—Sí, pero al mismo tiempo, ¡qué delicia! —Y me relamo imaginando que degusto un *sauterne* helado.

Eude abre los ojos y lanza un gritico pavoroso y pudoroso ante la desnudez del Hermafrodita.

—Vamos, mujer, que esto no es nada comparado con los *Esclavos* de Miguel Ángel Buonarroti —comenta provocador el mármol esculpido sabiamente—. Huele esto, ponte estas hojas machacadas de jazmín debajo de la nariz, y bebe un trago de absenta.

Aparto la botella de los labios de Eude.

—No, no debe beber, no puede presentarse embriagada ante el Escriba. Su mente tiene que estar clara.

—Dudosamente clara —confirma Eude.

El Hermafrodita extrae frutas de una cornucopia. Son frutas esculpidas en piedra lunar, pero sólo de tocarlas con los pétalos de los jazmines, las uvas, las fresas, las manzanas, los mameyes, los anones y los caimitos devienen reales. Eude prueba un trocito de mamey.

—Uy, es lo más sabroso que he comido en mi vida.

—Ya lo decía yo; no sólo era falta de caldero lo que tenía Eude, además añoraba las frutas tropicales.

—Ella nunca ha conocido el trópico, ¿es usted idiota?

—Me ha llamado idiota. ¿Lo has oído, Eude? Me ha llamado idiota —protesto irascible.

—No, señora novelista. Sólo se lo he preguntado. ¿Desconoce usted los signos de puntuación, o no posee oído musical para reconocer su entonación?

—Ande usted, oiga, Hermafrodita, vaya usted a vestirse, cúbrase esas partes impropias, y duérmase en su sitio, en ese infinito que tiene asignado de por vida —sugiero con sorna.

—Me quejaré ante el Emperador —dice el Hermafrodita en tono autoritario.

—¿Napoleón Bonaparte? Está demasiado ocupado con la coronación de Josefina, no le hará ningún caso. —Ahora resulto irónica.

—Me quejaré ante Francisco I —repitió.

—Al menos concéntrate en las épocas históricas, Hermafrodita, organízate cronológicamente —le aconsejó Eude mientras se erguía de un salto.

—Admito que has mejorado ostensiblemente, vuelvo a mi sitio.

El Hermafrodita se aleja y regresa a reclinarse a su sólida cama.

Eude, la joven pintora, avanza, siempre en dirección a donde se halla el Escriba, ahora con pasos atenuados. Mira hacia atrás y descubre la presencia de la novelista, yo.

—¿Qué hace usted ahí, persiguiéndome todo el rato? —inquiere con gesto displicente.

—Busco la inspiración —respondo desanimada—. Sin suerte, ya ve usted.

—No, yo no veo nada —replica—. ¿No se da cuenta de que este encuentro mío y del Escriba deberá transcurrir en la más absoluta discreción?

Me detengo paralizada

—¡Perturba usted! —De súbito, Eude se vuelve agresiva.

—Perdone, querida Eude, pero busco un tema de escritura, ya te digo, intento palpar esa cosa misteriosa que se llama inspiración... —La tuteo para familiarizarme e intentar que la situación se vuelva menos tensa.

—No sea ridícula. Parece más cosa de conspiración que de inspiración. La veo más conspirativa que inspirada.

—Ni lo uno, ni lo otro. Lástima —prosigo—, lástima que no pueda transcribir la escena del magno encuentro entre *Eude*, la poeta y pintora, y *El escriba egipcio.*

Reflexiona unos instantes.

—¡Quédese entonces, si tanto lo desea! ¡Uf, qué majadera!

Los corredores, cada vez más sombríos, empiezan a enfriarse, afuera nieva. Estamos en el mes de abril y ha comenzado a caer una espesa nevada. La silueta de la poeta-pintora acude cada vez más apresurada a la cita, su cuerpo grácil pareciera que flota, que vuela.

Por fin entramos en la sala donde se encuentra sentado en una urna de cristal *El escriba egipcio*. Eude se detiene delante de la urna, donde el Escriba espera con las piernas cruzadas en posición budista, recta la espalda, en la mano un carboncillo, y un papiro encima de los muslos; los ojos muy abiertos observan al frente, claros, transparentes, como si contemplaran un sitio por el que debiera aparecer alguien muy ansiado.

Eude coloca suavemente la mano en la urna. El cristal se empaña con la calidez de su piel. Estalla roto en mil añicos.

Aparece un hombre, con el pelo muy corto, medio desnudo, su cuerpo apenas cubierto entre la cintura y los muslos con una falda color marfil; se interpone entre la poeta-pintora y yo, que rodeo la escena.

En el instante apenas me doy cuenta de que se trata del Escriba egipcio, en carne y hueso, que se ha liberado de su moldura esculpida, para transformarse en un apuesto y respetable ser humano.

La novelista toma distancia, da unos pasos hacia atrás, prefiere presenciar la escena de manera discreta.

Sin embargo, no creo que yo sea la única espectadora, presiento que miles de rostros contemplan la misma escena, algunas sombras invaden el recinto; pero puedo imaginar las cámaras colocadas en las esquinas de los techos a la expectativa, retransmitiendo para el mundo entero a través de satélites instalados en el cielo estrellado de las islas.

La escena resulta más bien natural.

Eude ha reconocido, debido a la intensidad de su mirada, al Escriba egipcio, en ella se concentra, como agua bendita, la inspiración de los poetas es el agua. Su mano extendida reclama la del hombre. Él se aproxima y pega la palma de la suya a la de ella; sonríen casi puros, satisfechos, alegres de convocar los misterios con apenas el roce de sus manos.

Ahora Eude se pone de puntillas, y sus labios susurran un secreto al oído del Escriba egipcio. El hombre cierra los ojos, y los tesoros encerrados desde hacía años en las vitrinas consiguen traspasar las paredes acristaladas y levitan encima de su cabeza, en forma ordenada, como si un cosmos perfecto coronara sus sienes.

Entonces es el Escriba quien murmura unas palabras con la mejilla pegada a la de la joven. Apenas se puede soportar la belleza de la cabeza de Eude tumbada ligeramente hacia atrás, en pleno éxtasis, los ojos también entrecerrados; a través de ellos puedo distinguir la mirada blanca, perdida en la travesía del placer. Los labios húmedos y carnosos musitan frases inaudibles, el cuello fino y cisneado al descubierto pareciera una rara pieza de alabastro. La piel del hombre brilla dorada, la de ella fulgura ahora nacarada. Las manos vuelven a entrelazarse; esta vez apretadas para la eternidad.

El ruido del silencio, ese pitido persistente, ensordece a los curiosos, protegidos, al igual que yo por los destellos cegadores que chisporrotean en el recinto.

De súbito, bastante aturdidos, las vírgenes, los cupidos, los reyes, los duques, las reinas, los desnudos, las esculturas, los retratos anónimos, los perros, los gatos, las naturalezas muertas y vivas; oh, sí, algunas demasiado vivas, regresan de puntillas a sus puestos de exposición.

La novelista también retorna a su sitio.

Encima de un viejo y apolillado bargueño acumulo cartas sin responder, facturas sin pagar, reclamaciones bancarias, libros por leer. Eso es lo peor, las lecturas pendientes. Intento escribir una frase, poca cosa, algo corto pero con una trascendental resonancia y significación. Pero lo trascendental me aburre.

Nada, ninguna escritura sabrá traducir el secreto de los enamorados que han sabido esperar.

Gabrielle y Alegoría,
una de sus hermanas

Esta mañana, como todas las mañanas desde hace unos cuantos siglos para acá, al aclarar el alba, Gabrielle se sube la cabellera dorada, muy bien peinada, y se coloca en los lóbulos de las orejas las dos perlas que su madre les ofreció a ella y a su hermana al nacer. Lo mismo hace esta última, se recoge el pelo castaño rojizo con una pinza de oro y se encaja las perlas.

Desnudas, se dirigen a tomar el baño matinal dentro de una bañera de bronce, a la que le han colocado un amplio paño de seda para impedir que sus cuerpos tengan contacto con las paredes metálicas de la misma. El paño cae por los bordes. Las cortinas de terciopelo y seda se hallan recogidas. Detrás podemos observar a la prima de las hermanas, que borda muy entretenida un turbante.

Desde pequeñas, jamás han faltado a este ritual, el de tomar el baño juntas, al amanecer. Entran en el agua hirviendo, perfumada con pétalos de rosas turcas. Gabrielle le comenta a su hermana que le duelen los senos, que se los siente más pesados de lo normal, y que por momentos se le erizan los pezones. La hermana le pregunta si resulta desagradable ese erizamiento del que habla. Gabrielle no sabe responder a ciencia cierta, a veces sí, a veces no. Su hermana extiende el brazo y con los dedos aprieta delicadamente el pezón, una gota blanca asoma en la punta.

Gabrielle d'Estrées suelta un breve gemido, como sólo saben gemir las embarazadas, pulcramente gozosas. Entonces, de dentro de su peinado extrae algo escondido. Es una prenda: un aro con una piedra.

Muestra el anillo que Enrique IV le regaló, a su hermana, la duquesa de Villars, a la que en secreto ella llama Alegoría, desde que son niñas.

Sostiene el anillo con la punta de sus dedos desde aproximadamente 1594, en que un anónimo de l'École de Fontainebleau decidiera pintarla. A Gabrielle, sin embargo, no se la ve muy dichosa; pese a que se encuentra embarazada, y que el anillo significa probablemente una petición de matrimonio por parte del rey. Pero en aquellos tiempos, ¿qué era lo que podía hacer felices a estas damas?, se pregunta la novelista sin hallar respuesta. Porque tampoco a Gabrielle se le nota triste; más bien se la ve como en un estado de incomprensible perplejidad; como si no creyera que ella formara parte de ese conjunto audazmente sereno, y quisiera visitar a una de sus amigas. Y aprovechar una de esas salidas y quedarse en otro cuadro para la eternidad, aunque le pesa abandonar a su hermana.

Por ejemplo, deduce Gabrielle, que ella podría perfectamente ir muy bien en el decorado de *Venus en su baño*, que a otro anónimo, o quizá el mismo de la misma escuela, se le ocurrió pintar allá por 1550. A Gabrielle le encantaría jugar con el cupido que le tiende el frasco de perfume a Venus, o frotar la espalda de la diosa, como seguramente hizo su criada.

Con otra que le encantaría irse de paseo por los bosques es con *Diana cazadora*, cuyo anónimo, pintado entre 1550 y 1560, también de l'École de Fontainebleau, decidió cubrir apenas con un manto entre sepia y dorado a la diosa que invariablemente aparece medio desnuda con el arco, el carcaj de flechas, acompañada de un vigoroso perro blanco. Diana es muy rubia, y a Gabrielle le gustaría imitar su peinado, recogido en una graciosa melenita. Diana sonríe con la apariencia de un ser apacible, aunque algo de lacónico tiene su mirada, cuando atraviesa a pasos francos intrincados matorrales.

—¿Y me dejarías sola? —A Alegoría no le ha gustado nada la idea de que Gabrielle se instale en otros cuadros.

—No seas tan frágil, y mucho menos ilusa. ¿No ves que es imposible que te deje sola?

—¿Imposible? Nada es imposible. —Alegoría le aprieta un poco más fuerte el pezón a su hermana.

—¡Ay, pon atención! —chilla la otra—. Anda, vamos a vestirnos y a dar un paseo, antes que empiece a llegar el público al museo.

Las ayudo a ceñirse los corsés, entretejo los cordones que anudan las blusas de sus vestidos. Me cuesta cerrar el de Gabrielle, su cintura ha empezado a hincharse. Se empolvan el rostro y el cuello con polvo de arroz, mientras les calzo los botines de raso. De un giro descienden del marco que las cobija; sus pies recorren el salón, como si estuviesen bailando en una ceremonia real, y Enrique IV las contemplara danzar graciosamente.

Al poco tiempo de verlas por primera vez tan felices vagabundear despreocupadas por los salones, oigo un retumbar de pasos. Miro la hora en mi reloj de pulsera, pero eso no quiere decir nada, ni consigue aclarar mi duda; mi reloj se ha detenido desde los años ochenta. No cabe la más mínima sospecha: no es la hora que creíamos que era, han adelantado el horario. De súbito hacen su entrada en el museo los primeros visitantes. Entonces no me queda otra solución: corro al cuadro y lo descuelgo; de este modo consigo esconderlo detrás de una abombada manga de *Francisco I, rey de Francia*, pintado por Jean Clouet, hacia 1530.

Ando sumamente nerviosa, lo confieso, porque además, he perdido de vista a Gabrielle y a Alegoría; hoy es día festivo, y los salones se han llenado repentinamente.

—¿Oiga, sabe usted algo del cuadro que va aquí y que no está? —Una joven me toma por el brazo.

—¿Yo? ¿Qué voy a saber? —Debo de tener los ojos desorbitados, porque la muchacha recula algo temerosa.

—Perdone, pensé que trabajaba en el museo —musita.

Casi le respondo que sí, que no sólo trabajo, que vivo aquí, que convivo con las esculturas, con las pinturas, que ya nunca más podría vivir sin ellas; que constituyen mi familia. Pero hallo sosiego, porque, al fin, percibo a Gabrielle y a su hermana, que conversan con *El tramposo*, jugador de cartas del cuadro de Georges de La Tour, cuya autoría data de 1635, y quien al parecer también ha decidido retirarse de su espacio pictórico por breves momentos. Alcanzo a la joven que me ha preguntado sobre el cuadro, la retengo.

—Yo soy quien le pide disculpas, estaba un poco atormentada hace un instante. El cuadro titulado *Gabrielle d'Estrées y una de sus hermanas* se encuentra en restauración; nada grave, un simple retoque.

El rostro de la joven adquiere la misma expresión de Gabrielle, la que siempre le he conocido, pero habría que añadirle la de una insondable desolación.

—Qué pena, vengo desde tan lejos para ver ese cuadro... Entre otros, claro; pero ése particularmente me hacía soñar, cuando podía contemplarlo en los libros.

—¿Desde dónde ha viajado usted?

—Desde Cuba, y me llamo Gabriela, igual que la dama del cuadro, y como ella tengo una hermana.

Un temblor eriza mi piel.

—¿Puede volver en diez minutos? ¡Claro que podrá, mire, el museo es muy grande, inmenso! ¡No conseguirá verlo todo ni siquiera en una hora! ¡Haré lo imposible para que pueda usted ver el cuadro!

Su rostro se torna radiante. No puedo ocultar mi excitación.

—¿Cómo hará?

—Hablaré con el restaurador. Le prometo que no se irá sin verlo. ¿Vuelve usted a la isla? —Me muerdo los labios, no debí usar semejante familiaridad.

—No, no lo creo —suspira—, pero tampoco me quedo en Francia. Voy rumbo a España, mi padre me espera en un pueblecito de Andalucía.

—Dé una vuelta por las demás salas, dentro de diez o quince minutos el cuadro estará en su sitio.

La chica obedece mi consejo, sonríe amable y se despide temporalmente. Surco la sala con la vista, allí se hallan las hermanas. Alegoría acaricia la tez pálida de su hermana, visiblemente fatigada. Me dirijo hacia ellas, aprisa. Las tomo por las manos, las arrastro hacia su lugar de origen:

—Necesito que vuelvan al cuadro con toda urgencia.

—¡Uf, te agradecemos que nos hayas venido a buscar! Gabrielle no se siente nada bien. Y a decir verdad, no hay nada mejor y más confortable que nuestro entorno para seguir existiendo.

Recupero el cuadro, lo cuelgo en la pared, y ellas se sumergen cuidadosamente (en cuanto comprobaron que nadie estaba observándolas), en la bañera, no sin antes desnudarse.

—¡He perdido el anillo! —exclama aterrada Gabrielle—. ¡El rey me lo reclamará al no verlo en mi dedo! ¡No sabré qué decirle!

No menos espantada me agacho y busco entre los zapatos del gentío. Pero al instante caigo en la cuenta, puedo imaginar quién se ha apoderado de la joya; corro al cuadro donde el Tramposo se dedica a engañar a las jugadoras de Georges de La Tour, y me enfrento al travieso chico:

—Me vas a devolver inmediatamente, y sin chistar, el anillo que le has robado a Gabrielle d'Estrées.

El joven sonríe con una mueca irónica, mirándome de reojo; no se resiste, extrae la prenda del cinturón que entalla su chaleco.

—No lo vuelvas a repetir, ¿me oyes? —lo amenazo severa—. Podría borrarte las cartas con aguarrás.

Ríe con una sonora carcajada:

—¡Irías presa, tonta!

No le falta razón, pero yo no cuento con demasiado tiempo para replicar. Regreso sofocada al cuadro, entrego el anillo, las hermanas retoman la posición inicial. Noto que las mejillas de Gabrielle lucen un poco más encendidas.

Espero cinco minutos; advierto que la otra Gabriela, la actual, acude ligera al sitio donde la esperamos, y desde que divisa el cuadro en su sitio se tapa la cara con ambas manos, visiblemente emocionada. Descubre enseguida su rostro, porque ya está frente a la obra:

—Es magnífico —susurra admirada—. Gracias, muchas gracias. ¡Es tan hermoso!

Gabriela acerca su rostro a Gabrielle, también estudia el rostro de Alegoría, la duquesa de Villars; se lleva la mano a los labios, sus ojos recorren la obra minuciosamente. Yo me alejo. Prefiero dejarlas así, mirándose, a solas; ensimismadas unas en otras.

La fiesta galante de Watteau,
y las dos hormigas viajeras

Dos hormigas viajeras han aterrizado en el Museo del Louvre; culminan aquí un largo periplo: el que iniciaron en el Museo del Prado, luego de atravesar cuadros de una punta a la otra, esculturas de cabo a rabo (nunca mejor expresada la connotación sexual de las estatuas desnudas); y de quedarse medio embobabas en un lienzo de Paolo Veronese, siempre en el museo madrileño, y descritas por Manuel Mújica Láinez. Las hormigas decidieron entonces tomar las maletas e irse a Estambul, a recorrer el mármol que la emperatriz Zoé hizo construir en homenaje a sus múltiples maridos. Se cuenta que, para no gastar dinero, la emperatriz, siempre que cambiaba o que se le morían los esposos, en lugar de hacer un monumento personal a cada uno, iba al mármol de toda la vida, le borraba la cara, dejando el mismo cuerpo, y actualizaba la pantalla (perdón, esto es idioma moderno de informática), o sea, ordenaba que volviesen a esculpir el rostro del nuevo consorte. De este modo, el cuerpo del primer esposo sirvió como columna de soporte para los rostros de los demás maridos, y así se ahorró dinero.

—Creo que deberán quedarse tranquilas, no olviden la que armaron ustedes hace algún tiempo en el Museo del Prado, un escándalo con consecuencias. El cuadro de Paolo Veronese hubo de ser limpiado a causa de vuestras sucias patitas.

—¡Infamia, calumnias! —Se las nota nerviosas.

Finalmente, decido que me quedaré esta noche con ellas, dormiré echada junto al cuadro, o cuando Diderot termine de hacerle el amor a la bella Odalisca, me iré a la cama con ella. ¡No sean malpensados! ¡Sólo para dormir, y cuando ella lo esté, que no pueda reparar en mi presencia!

Las hormigas, decía, viajaron por Estambul, y luego se fueron a Egipto, navegaron en un barco lujoso a orillas del Nilo, de Luxor a El Cairo, y pernoctaron en numerosos museos de diversas ciudades maravillosas de este mundo. Pero eso lo contarán otros. Yo contaré su llegada al Museo del Louvre.

Llegaron las hormigas en medio de una fiesta galante que en otros tiempos habríamos llamado bacanal. Pero el señor Jean-Antoine Watteau decidió llamarlas «fiestas galantes». Porque aquí la gente anda mejor vestida, tienen maneras, saben comportarse en medio del follaje absolutamente idílico, protagonizan escenas sensuales aunque veladas con tintes pastoriles, excesivos instantes teatrales de seducción. El lienzo rezuma romanticismo a pulso, los personajes observan la naturaleza, la vegetación, los lagos con extremo sentimentalismo. Sólo se habla de amor, de música, y de danzas campestres. De vez en cuando, un amante toma por la cintura a su amada, y la besa junto a la oreja, como en el titulado *El paso en falso*, ya el título lo revela todo.

Pero resulta que en medio de la fiesta galante la Ninfa desnuda recoge su brazo desmadejado, despierta del letargo junto al Sátiro, y, asustada, huye de su caricia. Las hormigas no entienden tal desorden, y preguntan a la novelista:

—¿Qué sucede aquí? —a coro.

—Es una fiesta galante, nada más, a veces rozan el burdel, pero con elegancia. ¿Ya olvidaron su experiencia en el Museo del Prado?

—No, nunca —responden nuevamente a coro y observan con los ojos como platos, y todavía sin soltar las maletas.

Les quito las maletas de sus patitas, y ellas suben cautelosas por el marco de *Pierrot*, llamado con anterioridad *Gilles*. Les digo que éste es el cuadro emblemático de Watteau, ellas lo saben, que no hay hormigas más sabiondas que ellas. Entonces trepan por los pliegues del traje blanco de Pierrot, rodeado por el Doctor y su asno, Leandro e Isabelle, los enamorados, y el Capitán. Las hormigas se detienen en el cuello redondo de Pierrot, descansarán un poco, el viaje ha sido largo y las ha dejado exhaustas. Desde esa posición privilegiada contemplan la escena.

La Ninfa y Diana juguetean desnudas con Paris, cuyo juicio ha sido temporalmente interrumpido. El Sátiro visita ahora a la joven desnuda de *El juicio de Paris*; y la prometida de *El paso en falso* se desentiende de las caricias de su acompañante y prefiere alejarse a la campiña, a sustituir a la actriz que le da la réplica al Indiferente.

El dúo de hormigas menea la cabeza de un lado a otro:

—¡Vaya juerga a las tres de la madrugada! ¡No nos dejarán dormir! —protestan.

—El reposo lo tendrán difícil, eso es evidente —confirmo.

Una de las hormigas trepa hasta la nariz de Pierrot, con la intención de servirse de ella como atalaya; sus patitas le hacen cosquillas en la punta, el joven no puede contenerse y estornuda. Con el estornudo, la hormiga es catapultada a otro cuadro, en un sitio más bien complejo. Es una hermosa obra de François Boucher, de 1703, se titula *La odalisca*, y no comprendemos cómo ha ido a parar a semejante sitio envuelto entre los virus del estornudo de Pierrot, ciertamente a gran distancia de Watteau. La hormiga ha caído encima de una nalga rosada de la muchacha que descansa encima de una cama desordenada, con su fabuloso culo al aire y las piernas entreabiertas.

La segunda hormiga, aún en la pechera de Pierrot, se percata de la suerte de su compañera:

—Como comprenderá, no podemos vivir separadas una de la otra, debo ir a su rescate.

—¿Rescate, dijo? —dudo maliciosa.

—En verdad, pienso que podríamos pasar la noche en esa otra sala, encima de tan mullido colchón. No estará nada mal, y no tendremos que sufrir la algarabía que se aproxima; descansaremos, dormiremos mejor...

—Dormirán, ¡vaya si dormirán! ¡Como criaturas celestiales! —sonrío irónica.

La hormiga se sube a la yema de mi dedo, y me desplazo con ella hacia el cuadro de Boucher. Atrás queda un jolgorio refinado, pero jolgorio al fin.

Ella baja una de sus paticas, luego la otra, de mi dedo, y ya está de nuevo al lado de su compañera. La Odalisca ha sentido el mismo cosquilleo que Pierrot, pero no en la nariz, justo en donde empieza la raja entre las dos nalgas; primero se rasca con las uñas, y después suelta un manotazo. Por poco termina, en ese mismo segundo, la aventura de mis dos nuevas amigas diminutas.

La Odalisca, proveniente de un harén turco, desnuda sus hombros; probablemente espera a Diderot, o a otro de los enciclopedistas.

Cerrar el pestillo

Jean-Honoré Fragonard no me lo perdonaría si se enterara de que, escondida detrás del cortinaje de seda rojo, acabo de robar la manzana que constituye el secreto de su cuadro *El pestillo*, obra de alrededor de 1777. Es una manzana entre verdosa y amarilla, más bien oscura, que marca la diagonal con el gesto de cerrar el pestillo del apasionado joven y con el pestillo mismo en la puerta del cuarto de la amante. Al robar y morder la manzana, he roto con el equilibrio y la complicidad visual del cuadro. Si, para colmo, la manzana simbolizaba algo parecido al pecado original, pues también he desprovisto de sentido la significación erótica, más que religiosa, que posee esta obra fascinante.

Aquí sigo, protegida por la intensidad del claroscuro, imbuida por la fuerza dramática que predomina en esa escena de abandono precedida por una leve resistencia femenina. Doy un mordisco a la manzana y el perfume de la fruta inunda la estancia.

Esta pintura reinó en el gabinete del marqués de Véri durante varios años.

Las finas sábanas en desorden, el cuerpo de la joven mujer arrebatado del sueño, su vestido enredado entre los muslos. El joven amante a medio vestir, con sus fuertes piernas desnudas, sostiene por la cintura y con un solo brazo el cuerpo de la que aún se le resiste. El otro brazo del amante, estirado, con la punta de los dedos intenta cerrar el pestillo, mientras su rostro se dirige al de ella, echado hacia atrás, el cuello ofrecido. Es la danza del amor, la danza de la entrega, o del inicio de la entrega.

La manzana está un poco amarga. Vuelvo a colocarla en su sitio, mordisqueada. La *belle demoiselle* también estira su brazo, como para aprobar el gesto de su amante. Sí, cerremos la habitación. Que no entre nadie. Entonces me levanto y, de puntillas, voy hacia a la puerta y cierro el pestillo de un golpe. Ellos no pueden verme, soy invisible para los amantes. He conseguido volverme invisible pintándome con un gel translúcido, que untado sobre la piel humana obtiene un efecto de invisibilidad.

No quiero perderme un segundo de esta escena, no me considero una *voyeuriste,* aunque todo novelista sin proponérselo lo es. Presiento una extraña presencia a mis espaldas. Es la chica que protagoniza el cuadro titulado *La camisa levantada,* también de Fragonard, y pintado en el año 1770. En la pintura, si lo recuerdan, ella se quita la bata de noche, podemos disfrutar no sólo de su rollizo cuerpo desnudo, también de sus nalgas enrojecidas, como de su sonrosado rostro. Se coloca desnuda a mis espaldas, los cabellos revueltos; ahora se sienta a mi lado, encima de un pedazo de cortina. Tiene los pies sucios, pero se ve tan apetitosa, que me dan ganas de morderla, como antes he mordido la manzana. O de colocarla en el lugar de la fruta, para que el cuadro recobre su diagonal secreta. Pero si lo hiciera cambiaría el sentido de la obra.

Mientras observo la mano de la que se ha instalado tan atrevidamente a pocos centímetros de mí, colocada en su pubis y que se mueve lentamente, acariciándose el vientre, percibo que los amantes continúan con sus devaneos. Él le ruega a ella que le entregue su virginidad, ella finge que jamás se la dará, negada por los convencionalismos, sus padres, la familia. Todo ese tonteo para acabar con las piernas abiertas dentro de media hora, como mucho, ¡qué digo!, antes de quince minutos ya se ha levantado el vestido. Él es quien se quita la camisa un poco tarde. El torso fornido revela el esplendor de su carne joven, el perfecto dibujo de sus músculos.

La chica detrás de mí me besa la nuca, y su lengua discurre en mi oreja. Todo esto es absurdo, pero me gusta, me da un placer vertiginoso, que sube desde mis pantorrillas hacia mi garganta, y se me llena de burbujas la boca. Permanezco, sin embargo, inmóvil. Temerosa de hacer algún ruido y de romper el encantamiento.

—¡Soy virgen! ¡Déjame, te lo ruego! —susurra la otra, pero con un tono de voz que parece que pidiera que le arrancaran los vestidos y que le desgarraran dulcemente el himen.

El hombre la besa en los labios, desciende con los labios por su cuello hacia los senos, mordisquea sus pezones ya fuera del escote. Mientras, va despojándola de su corsé. Después, baja hacia sus muslos y le desnuda las piernas de las medias de seda blanca.

La descamisada, detrás de mí, se acaricia los pechos, muerde la sábana de satín azul, suspira hondo. No puedo más, me vuelvo hacia ella y la tomo por la nuca, la beso introduciendo mi lengua en su boca, muerdo sus labios. Nuestros cuerpos se juntan, recostados contra el cortinaje que cae desde el dosel, mis manos acarician sus nalgas, ella introduce sus dedos en mi sexo. Aunque no me he desvestido, me he bajado el blúmer. Tan entretenidas estamos en nuestras caricias, que no oímos que alguien llama a la puerta.

El hombre se viste presuroso. Los golpes continúan, alguien, al otro lado, se desespera; es la madre de la joven. Nosotras hemos congelado los toqueteos. La joven reordena la cama, se esconde debajo de las sábanas, acoteja su *bustier*. El amante, a medio vestir, desaparece detrás de un pesado mueble.

Todo el mundo ha olvidado abrir el pestillo.

—Adelante, adelante —dice la joven fingiendo con voz adormilada.

—¿Qué pasa ahí dentro, qué pasa? —La madre forcejea con la puerta—. ¿Por qué has echado el cerrojo?

Entonces, corro hacia la puerta, la abro. Entra la madre furibunda. Pero al contemplar a su hija medio dormida, sonríe satisfecha, la arropa, y regresa a su habitación.

La descamisada me tira de la mano, huimos de ese cuadro y nos vamos al suyo. Allí, en un mullido y confortable colchón vestido con sábanas de seda blanca hacemos lo que seguramente estarán haciendo los amantes entre sábanas teñidas de añil. Confiemos en que no hayan olvidado pasar el cerrojo.

Un beso en el lienzo blanco

Hace poco, una muchacha de origen asiático posó sus labios en un lienzo blanco. El pintor, que no había pintado nada en la tela, pero que había decidido exponer el cuadro tal cual, a modo de *performance*, llevó, o quiso llevar a la chica a los tribunales, argumentando que ella le había deformado su obra maestra. Es posible. La otra explicó el asunto diciendo que ante el vacío de la obra experimentó tal ardor, tanta pasión, que no pudo aguantarse y le plantó un beso. El problema es que el beso era rojo como la sangre, rojo como el pétalo de un clavel. Y ese rojo en medio de la blancura del cuadro destruyó el sentido que el artista quiso impregnar en su obra. Lo que nadie ha dicho es que el acto de la joven también podemos considerarlo un *performance*, y que pudo haber sido un repentino ataque artístico. Pero el mundo de hoy suele ser demasiado disciplinado, aun por parte de los artistas. Y que, además, los pintores también suelen comportarse de forma arrogante y malhumorada. Aunque a ambos los entiendo. Entiendo la ira del artista, aunque, yo de él, me lo habría tomado a broma.

Es lo que hago con Jacques-Louis David, su historia personal me la tomo a broma, su pintura muy en serio. Durante el período de la Revolución francesa, David se dedicó a crear una pintura que podríamos llamar cívica, y desdichadamente se compromete políticamente del lado de los instigadores de *la Terreur* (del Terror). El cuadro *La muerte de Marat* es uno de los más visitados del Museo del Louvre.

La novelista observa con detenimiento la hoja de papel temblorosa en la mano de Marat.

Advierto que David halló un pretexto político para justificar la belleza de sus obras, sospecho que sentía verdadero pudor ante el arte, y que necesitó rebajarle hermosura a favor del mensaje. No lo consiguió, y en ese fracaso reside su auténtica victoria. No me molesta la pereza con que pintó la pared encima de la figura de Marat, oscuramente plana. Al contrario, esa nulidad hizo que la figura de Marat en la bañera, la sangre, la carta en una mano, la pluma en la otra, cobraran todo el vigor de la tragedia del asesinato. Se nota que David quedó muy impresionado por el asesinato de Marat a manos de Charlotte Corday, y en ese retrato se percibe claramente una celebración del martirio, una alegría ante el sacrificio del mártir del pueblo. La novelista sabe que se encuentra delante de una réplica, el auténtico cuadro se halla en Bruselas, en el Museo Real de Bellas Artes.

Marat parpadea, aún no puede entender las puñaladas, los tajazos, el agua teñida de su sangre, los coágulos diminutos al borde de las heridas. Sin embargo, entiende que se muere, y sabe por qué se muere. Su cabeza envuelta en un paño pulcro cae recostada en el borde de la bañera. Abre los ojos por última vez, yo acaricio su hombro desnudo y cálido, el brazo descolgado. Y por un instante, el último con vida, su rostro se transforma en el de Antonin Artaud, que muchos años más tarde lo interpretará en el grandioso filme de Abel Gance, *Napoleón* (1925).

Arreglo los pliegues de la tela verde que lo cubre, tomo la pluma de su mano, la mojo en el tintero, voy a escribir la palabra *liberté*, pero prefiero devolver la pluma a su sitio original, entre los dedos de la historia.

La cabrona historia. David, es muy probable que con una pluma semejante a ésa, firmase algunas sentencias de muerte, y denuncias de otros artistas. David, como dice Isis Wirth, fue el Napoleón de la pintura de su época.

El guardián reaparece con su linterna de luz cegadora.

—¿No dormirá tampoco esta noche? —me pregunta, acostumbrado después de tantos años a mi presencia.

—Contemplaba a Marat.

—¡Por enésima vez! —exclamó, y se perdió cojeando en las sombrías salas siempre precedido de su cono de luz amarilla.

En realidad, estaba estudiando a David.

Me desplazo lentamente, deambulo casi, mis pasos me conducen hacia una de las obras más conocidas de David: *Madame Récamier*. Pero Madame Récamier no se halla en su sitio; en su lugar y completamente desnuda, descansa *La sibila délfica*, criatura pintada por Ludger tom Ring *el Viejo*, apenas cubierta por un velo transparente, y tocada con una pamela negra ribeteada con cinta roja, al cuello una gargantilla de terciopelo de la que cuelgan perlas. La cabellera rubia revuelta, el ombligo demasiado grande y hondo, los senos pequeños y púberes, un monte de Venus apenas visible.

—¿Dónde puedo encontrar a Madame Récamier? —pregunto a la Sibila.

—Andará por los jardines, ya sabes, lee siempre el mismo libro.

—¿Qué libro? —No tenía idea de ningún libro.

—Pregúntale a ella. —La Sibila responde con desgana.

Divisé a Madame Récamier, mientras cruzaba lentamente uno de los salones. Iba efectivamente con un libro en la mano, leía. Apresuré mi recorrido y la alcancé.

—Le ruego que no me perturbe. —Su mano se levantó serena pero firme—. Leo a Madame de Staël. Todos sospechan de mi relación con la escritora y no haré comentario alguno al respecto. También dijeron que me había casado con mi padre, para heredar su fortuna. Mire usted, son bobadas. Que sigan esas bobadas, no voy a dejar de vivir a causa de cuatro envidiosos que sólo fabulan en mi contra.

Jeanne Françoise Julie Adélaïde Bernard de Récamier se veía espléndida, el rostro encendido de furia, pero contenida. Los ojos verdosos, ¿o turquesa? Rizos descuidados adornan su frente a la que ha anudado una tiara negra. Podemos adivinar un talle delicado bajo el corte princesa de su amplio vestido de moaré color marfil. Los pies desnudos parecen de cera.

—No deseo molestarla —murmuré.

—Ya lo está haciendo. ¿Podría alejarse de mi presencia, por favor? —Su voz sonó suave, aunque distante.

—Sabe que yo paso a verla invariablemente desde hace años. Soy también exiliada, como lo fue usted. —Odié mi condescendiente tono de voz.

Volvió sus ojos hacia mí, las pupilas le brincaban inquietas.

—Sólo consiguieron alejarme de París. Lo que me permitió volver a Lyon, mi ciudad natal. Y descubrir esa maravilla que es Roma. Napoleón I no sabía qué hacer conmigo, por culpa de aquella innoble historia con Josefina.

—¿Pasó algo entre usted y la emperatriz?

—Nada, me negué a ser su dama de compañía. Eso bastó para que me odiara. Y luego hubo, según ellos argumentaron, algo sobre una posible conspiración entre Murat y yo; creyeron que estuve en el origen, lo de los Cien Días, ¿se da cuenta? Tonterías, banalidades. Yo sólo deseaba divorciarme del banquero, mi marido, y reunir a mis pies a toda la intelectualidad europea. Lo conseguí, buena parte de ellos no sólo estuvieron en mis salones... De mis salones pasaron súbitamente a mi cama.

Madame Récamier sonrió pícara.

—¿Cómo fue que David la pintó si usted era una de las enemigas número uno de Napoleón?

—Ah, secretos de alcoba. —Hizo un gracioso respingo—. No, para nada, no es lo que se imagina, no tuve ninguna relación con Jacques-Louis. Creo que soy su mejor retrato. ¿No lo ve así?

Asentí y eso la distendió conmigo.

—Sólo jugueteamos un poco. No considero para nada ese tipo de divertimento una intriga amorosa. —Se tornó entonces diáfana—. Jacques-Louis fue un excelente pintor, indomable amante, aunque también un insoportable instigador del terror durante el período revolucionario. Íntimo de Maximiliano Robespierre, fue el pintor oficial, también consiguió serlo con Napoleón, al que se alió devotamente cuando cayó Robespierre. Un auténtico veleta político, un oportunista fabuloso. Eso se nota menos en su pintura, pero no sé si ha advertido usted que varió del rococó aderezado de una inaguantable frivolidad hacia una cierta severidad y austeridad neoclásicas, a lo que se llamó estilo Directorio, y más tarde Imperio. Pero, indudablemente es un gran pintor, como quiera que lo pongamos.

Quise preguntarle más, pero amoldé mi silencio al de ella. Ahora llevaba el libro detrás, en las manos juntas, y avanzaba pensativa, observando las puntas de sus pies descalzos. Había perdido ese halo de antigüedad, esa áurea de diosa griega, ahora podía confundirse con cualquier chica actual. Los rayos del sol tiñeron de rosado traslúcido su cutis. Entonces pude percibir el ocre y el verde diluido en el jugo blancuzco que preparaba David para lograr su reconocida técnica del frotado.

Me atreví a darle una opinión que sabía que no le caería nada bien, pero intenté ser sincera:

—Madame Récamier...

—Puede llamarme por cualquiera de mis nombres de pila, si así lo desea. Prefiero Jeanne o Julie.

Su interrupción resultó un poco embarazosa para mí.

—Su retrato es el mejor, sin duda, insuperable —digo entonces con gorgoteos estúpidos de mi garganta—, pero no me discutirá que *Las sabinas* y *Consagración del Emperador Napoleón I y coronación de la Emperatriz Josefina en la catedral de Notre-Dame de París, el 2 de diciembre de 1804* son excelentes cuadros. Majestuosos diría yo.

—Ah, otra novelista afectada por la grandeza, por lo puramente trascendental. ¡*Pauvre* mía! —Acarició mi rostro con sorna—. Son muy buenos, no lo niego.

—En el segundo cuadro, incluso aparece Bolívar, ya sabe...

—Claro que estoy al corriente de quién es Bolívar. Estuvo en mis salones, jamás en mi cama. Creo que ese día, el día de la coronación, empezó la locura de Bolívar.

—Señora, no creo que estuviera loco —repliqué con la voz algo alterada.

Apresurada, se adelantó, vuelta hacia mí, la luz fustigaba su mirada. Volvía a ser la amiga leal de Madame de Staël, ¿la amante efímera de Josefina?

—Los novelistas deberían alejarse de la historia. La historia cuenta mentiras alucinantes. Al menos debería usted atenerse a su imaginación, y apartarse de los errores oficiales de la historia. Escriba usted su propia ficción, y entonces conseguirá embellecer el pasado, porque lo hará real a través de su propia vida, de su experiencia.

Me dio la espalda y se alejó en dirección a su cuadro. La *chaise longue* se hallaba vacía en el momento en que ella llegó a retomar su pose original. Su expresión había mudado, las pupilas le chispeaban, prendidas debido a la discusión, y entonces contempló el vacío con impenetrable y reticente dureza.

Turbante blanco
y guantes de cabritilla

Marie-Guillemine Benoist fue discípula de Jacques-Louis David. La familia imperial apreciaba su pintura y le encargó numerosos retratos. Pero ninguno tan hermoso como el *Retrato de una mujer negra*, expuesto en el Salón de 1800 y cuyo éxito dio a conocer a la pintora situándola entre las mejores de su época.

Nada se sabe de la modelo, que aparentemente fue la sirviente de un familiar cercano de la artista. En la cabeza lleva un turbante blanco anudado en el lado izquierdo, del lóbulo derecho de la oreja pende una argolla de oro. Está sentada en una silla envuelta en un manto verde. El cuerpo relajado de la mujer viste una túnica blanca sostenida por una cinta rosada, la mano izquierda posada en el regazo. Lleva los hombros y un seno descubierto. Su rostro sereno, la boca pulposa, le dan un aire de reina. Y aunque nunca se ha sabido su nombre, yo he querido llamarla Clementina.

Clementina danza con ritmos lentos, su cuerpo se contonea al compás de la melodía de un Stenway abandonado al que se ha sentado para tocarlo la pianista de *La música* de Jean-Honoré Fragonard. Hasta nosotras —la que baila y yo que la observo— se acerca Mademoiselle Caroline Rivière, pintada por Jean-Auguste Dominique Ingres. Tal como aparece en el retrato, la adolescente lleva un vaporoso vestido de muselina nacarada, cintillo fino y plateado ajustado al talle, guantes de cabritilla cubren sus brazos, de los que cuelga además una piel blanca de armiño.

La novelista se turba ante la frescura y la ambigüedad de la adolescente, porque se reconoce cuando tenía esa edad en un gesto parejero de la mano, y en la curva del cuello, en la nuca, que denota timidez. Ingres demostró con la cándida Caroline Rivière su devoción por otro pintor de envergadura: Rafael.

A lo lejos aparece un hombre distinguido, viene acompañado de un perro que renquea de una pata. El hombre camina despacio, es él quien escolta al animal y no a la inversa. Finalmente, se juntan con nosotros; el perro se echa recostado a una pata del piano. La pianista cede la plaza al hombre. Felipe Dulzaides pone los dedos encima de las teclas, y una hermosa melodía americana de los años cuarenta invade el recinto.

Caroline toma a Clementina por la cintura. Bailan un lento vals. Entonces yo invito a la pianista, y también iniciamos unos pasillos, mejilla contra mejilla. No hay nada como la música, nada como bailar al compás de esta melodía magistralmente interpretada por Dulzaides.

No es de noche, como pareciera por la oscuridad; es mediodía, otro día festivo, y aun así, hay poca gente en el museo. Los visitantes no muestran asombro frente a nuestro espectáculo, más bien lo siguen y se unen al grupo. Un muchacho de melena rubia se interpone amablemente entre Clementina y Caroline. Daba la impresión de que iría a invitar a danzar a la adolescente, pero en quien se interesa es en Clementina. La joven negra acepta un poco avergonzada. El muchacho se llama Nicolae, y apenas cuenta dieciocho años. Clementina y Nicolae hacen una bonita pareja, ella evita mirarle, él le busca todo el tiempo los ojos.

El pintor de *Retrato de un artista en su estudio* de Théodore Géricault, terminado alrededor de 1820, decidió salir de su eterno ensimismamiento y ha venido a bailar con Caroline. Se quita su chaqueta negra ajustada, afloja el nudo de la camisa blanca en su garganta, y enlaza por la cintura a la criatura de Ingres. Pero ellos sí que han apretado sus cuerpos, él le susurra al oído, ella escucha con evidente placidez.

La pianista y yo hemos abandonado el baile. Ella acompaña ahora a Dulzaides en una pieza a cuatro manos.

La novelista contempla y toma notas en su pequeño cuaderno con broche de falsa esmeralda.

El público crece, han dejado incluso a *La Gioconda* para apreciar la serena belleza de Clementina, su danza armoniosa en contraposición al estilo melancólico de Caroline. La blancura de la piel de la segunda contrasta también con la tersura de ébano de la primera, y la gente admira los tonos de ambas. Se nota que son dos mujeres sumamente dichosas de haber sido inmortalizadas por dos pintores de gran talla. Una en plena juventud, la otra en el umbral de la adolescencia.

Un hombre se me acerca, tendrá unos cuarenta años. Los ojos verdes intensos, sonríe. Pelo crespo y con algunas canas. Se llama Gnosis. No ha salido de ningún cuadro, me asegura. Es un ser real como yo, o al menos como cuando yo lo era. Yo soy una irreal, que a veces se escabulle a la realidad. No sabe bailar, apunta, pero le gusta ver bailar. Y sobre todo le agrada verme a mí observar a los demás bailar. ¿No encuentra raro que los humanos se mezclen con los seres imaginados por los artistas, o sea, con los personajes de las obras artísticas? De ninguna manera, esto es lo mejor que le puede suceder al mundo. Y hay tantas cosas feas que nos suceden a diario, comenta, que esto es, indudablemente, un regalo de Dios. ¿Cree en Dios?, le pregunto. Me devuelve la pregunta: ¿Y tú, crees en Dios? Sí, porque creo en la poesía, respondo. Ella es mi dios, o mi diosa, siempre que se manifieste de un modo poético, ésa o ése serán mis dioses.

Gnosis toma mi mano. Y recuerdo un tacto parecido, hace algunos años, reconozco el ardor de esa mano. Es una mano grande, de dedos largos como los de un pianista, y desde el más mínimo contacto mi cuerpo erizado respira por todos sus poros de otra manera, con una honda sensación de absorber aire puro.

—¿Por qué la mujer negra ha escondido de nuevo su pecho? En el cuadro lo muestra. —Gnosis es un admirador de esta obra y se extraña del repentino pudor de Clementina.

—No fue una decisión de ella sacarse el seno, obedeció a Marie-Guillemine Benoist. No olvides que ella posó, no quiere decir que ahora ella deba ir por la vida encuerándose.

Dice que no hay que tener ese tipo de pudor, que deberíamos exhibir más el cuerpo, y que no hay nada más bello que el desnudo en el arte. Estoy de acuerdo, pero ya lo dijo y yo lo subrayo: *el desnudo en el arte.*

Curiosamente, nos vamos alejando del tumulto, los acordes de Felipe Dulzaides suenan ahora distantes. Estamos ante *La bañista de Valpinçon,* también de Ingres. A propósito, está desnuda, sentada en una esquina de la cama, lleva un turbante que recoge sus cabellos. El brazo izquierdo medio cubierto con una sábana que se le desliza entre los muslos. La otra mano posada en el lecho. La vemos de perfil, resulta más notoria la tranquilidad que emana de la figura que su desnudez misma. La mujer, que acaba de tomar un baño, contempla algún objeto o sencillamente se encuentra pensativa. El momento de reposo de esta dama provoca deseos de aferrarse a esa visión, a su espalda carnosa y bien formada, a sus caderas echadas hacia delante, a sus nalgas apretadas contra el colchón, a sus muslos insinuados y entreabiertos, y sus entrecruzadas piernas a la altura de los macizos tobillos.

Este cuadro fue encargado por Caroline Murat, reina de Nápoles. De Henri de Valpinçon, su primer propietario, tomó el nombre, pero es mucho más conocido por *La gran odalisca.* Ingres inaugura con esta obra iniciáticas reflexiones sobre el cuerpo femenino a través del tema orientalista, que ya había sido tratado por los maestros italianos del siglo XVI: Rafael, Giorgione y Tiziano. Ingres buscaba la línea ondulante y pura del movimiento corporal, un ilusionismo de la dimensión de los cuerpos, empeñado en demostrar que la idealización de las formas debía primar por encima de la evidencia anatómica. Ingres sugería la modulación de la carne a partir de una iluminación de la osamenta, y recorría con el pincel la piel abundante, deslizándose por los matices imperceptibles que sugerían los huesos.

Gnosis aprieta mi mano. Acudimos a la llamada de Edipo, que explica el enigma de la esfinge. Edipo, también semidesnudo, susurra a la esfinge, que esconde su rostro en la penumbra, pero de la que podemos admirar sus turgentes senos. Edipo se

vuelve hacia nosotros, deja caer su peplo rojo, su cuerpo fulgura en todo el esplendor de su belleza.

—Ingres también supo pintar a los hombres —murmuro ma-
ravillada. Es algo de lo que se habla poco.

Gnosis entra en la gruta. Ahora es aquel hombre que gesticula a lo lejos, pidiéndome que lo siga. Pero yo me quedo de
este lado, abrumada por la presencia monumental de Edipo,
que viene hacia mí, y me llama:

—¡Madre, novia mía! —Con los ojos vacíos.

Reflejo de luna
en el ojo de una odalisca

Ella se encuentra ahí, reclinada e impasible, en una especie de triclinio forrado en azul turquesa, entre ropajes de blancura transparente; una piel de visón pareciera lo que hay debajo de las vestimentas, un cubrecama de satín rosado. El dosel también es color turquesa, bordado en hilo dorado: *Una odalisca*, también conocida como *La gran odalisca*, su autor es Jean-Auguste-Dominique Ingres. Lleva un turbante en la cabeza bien peinada, puesto de una manera diferente, el nudo hacia atrás, del que cuelgan pompones de flecos; pulseras en la mano derecha, la que sostiene un abanico de plumas de pavo real, con cabo de bronce. La odalisca está, naturalmente, desnuda, la pierna izquierda cruzada encima de la derecha, largas y poderosas piernas desproporcionadas. Nos da la espalda, curvada, cual lomo emplumado de cisne, el opulento seno se nota por debajo de la axila, aunque sólo una parte de él, el brazo reposa negligentemente encima de la cadera, las nalgas apenas ocultas, aunque de ellas sólo percibimos la raja de la entrada. El rostro de la odalisca es perfecto, y lo curioso es que el gesto que tiene es el de una mujer descontenta, me atrevería a afirmar que su labio de arriba se lo traga el de abajo, en forma de puchero lastimoso, lo que le acentúa un rasgo aniñado. La nariz y la oreja obedecen a una simetría fuera de lo común en la pintura de Ingres, quien hizo de las imperfecciones anatómicas su mejor rejuego estilístico.

La Odalisca me observa, es ella quien ahora me estudia, inquieta ante el regodeo de mis pasos. En el extremo de su ojo brilla un reflejo extraño. No es una lágrima, mucho menos una gota de miel desprendida del color de su pupila. Es un reflejo de luna, desgajado del costado de Endimión dormido, musita. Sí, añade, dispuesta a confiarme su secreto, se ha enamorado de Endimión; así de repente, ha caído seducida por su cuerpo bendecido por un rayo astral.

En tantas y tantas ocasiones había paseado por el bosquecillo pintado por Anne-Louis Girodet de Roussy-Trioson, y nunca antes se había detenido ante *El sueño de Endimión*, un cuadro de 1791. El cuerpo de Endimión (hijo de Zeus y de Leda, él la preñó transformado en cisne, ella era una oca, de uno de los huevos nació Endimión), relajado en la yerba, bañado por la luna, recibe la bendición de Cupido. El ángel enamorado, desnudo, aletea alrededor del rosado cuerpo también descubierto de Endimión.

—¡Cómo me gustaría que soñara conmigo! —comenta la Odalisca.

—Nada lo impediría. Yo podría provocar incluso que te ame —sugiero atrevida.

—¿Qué poder tienes? —interroga sin moverse de la posición que tanto la distingue.

—Podría escribirlo, y ocurriría.

En verdad le confiero un poder a la escritura que en realidad no posee, pero ella se lo cree.

—¡Escríbelo, escríbelo! —me incita y el reflejo lunar de su ojo se vuelve más intenso.

Cupido posa sus labios en la frente de Endimión, enseguida moja sus labios con un racimo de fresas salvajes que gotean rocío. Endimión se despereza, desciende del marco de su cuadro, y atraviesa como Dios lo trajo al mundo los salones del museo.

La novelista lo sigue, con el cuaderno en la mano va escribiendo por adelantado los movimientos del hijo de Leda y Zeus.

El hombre se sitúa frente a la Odalisca; aún resplandece en su costado el rayo de luna. Tiende una mano hacia la mujer.

—Te amo, Odalisca —le declara su amor, quizá demasiado rápido, pero a ella se le nota feliz.

El museo se ha llenado otra vez, el público se abarrota delante de la Odalisca, ignoran a Endimión, que ahora es una figura translúcida. Una japonesa saca la cámara y lanza un *flash*. Puchy, la guardiana cubana del museo, protesta.

—*Not flash, please! Le flash est interdit, s'il vous plaît!*

La turista guarda la cámara en su bolso. Entonces, un muchacho se detiene delante de la obra de Ingres con un cuchillo en la mano:

—¡Te mataré, te mataré, puta! —Se lanza hacia el cuadro con el cuchillo presto a desguazar la tela.

Mientras los espectadores se alejan aterrados del joven, Endimión lo toma por el brazo, y con una llave de luchador yudoca lo paraliza. Nadie entiende qué hace ese yudoca desnudo, con un resplandor que le sale del costado, pero agradecen su presencia.

Un visitante extrae su móvil del bolso y alerta a la policía. Pero ya la guardia del museo conduce al muchacho hacia una de sus oficinas.

Entre tanto Endimión se ha subido al cuadro, abraza a su amada. La Odalisca besa sus labios dulcemente, está muy pálida y en ese instante sus ojos se inundan de lágrimas. Los amantes se acarician, y los espectadores aplauden. Cupido revolotea vencedor en lo alto de nuestras cabezas.

Entonces el público se desplaza hacia otros cuadros. Yo me quedo un rato más, acompañando a Endimión y a la Odalisca.

—¿Por qué permitiste que esto ocurriera? —pregunta ella a sabiendas de que soy yo quien describía con mi pluma los acontecimientos.

—Sabe usted, respetada dama, yo sólo soy una súbdita de la creación. Yo empecé a escribir como usted me sugirió, hice lo que pude, pero poco después la imaginación dominó por completo mi pensamiento.

—Hubiera podido matarme.

—Usted jamás morirá —suspiré convencida.

Y lo digo serena, disfrutando de ambos cuerpos entrelazados, fundidos en la maestría de la belleza.

—¿Por qué estás tan segura? ¿Por qué ya no me tuteas? —inquiere.

—Ha sido usted creada para la eternidad. Y en el infinito, señora mía, nadie debería tutearse.

Endimión aprueba mis palabras con un guiño cómplice. Entonces presiento que debo alejarme y dejarlos solos, en su intimidad de dioses de la pintura.

La Odalisca descorre el pesado tejido turquesa bordado en oro, el abanico de plumas de pavo real cae al suelo. Son las nueve de la noche, pronto el museo cerrará. Otra vez el tiempo anecdótico nos engaña, con su sentido críptico de la antigüedad.

La insoportable similitud

Con *La balsa de la Medusa*, Théodore Géricault inauguró el primer reportaje periodístico apoyado en la imagen. La tragedia de la balsa de la Medusa constituyó un hecho real, en 1819 el pintor impuso un realismo superior al magisterio de David oponiéndose en estilo al neoclasicismo. El duque de Orléans se convirtió en el principal comprador de toda su obra a partir de 1814, pero este cuadro fue posteriormente adquirido por el Estado.

Los hechos fueron los siguientes: A inicios del período de la Restauración, después de Waterloo y del regreso de la monarquía con Luis XVIII, Gran Bretaña devuelve Senegal a Francia. El 17 de junio de 1816 sale de la isla de Aix una flotilla aparejada a la fragata *La Medusa* bajo las órdenes del comandante Hughes Duroy de Chaumareys; a bordo iban el futuro gobernador de Senegal Julien Schmaltz, su esposa Reine Schmaltz y la hija de ambos, acompañados de un grupo de científicos, soldados y colonos. A causa de las diferencias entre los miembros del Antiguo Régimen, el comandante, y los marinos, se crearon tensiones; el odio y la sospecha reinaron en la embarcación. Estos estados de ánimo sulfurosos y la falta de experiencia hicieron que el viaje fracasara a unos ciento sesenta kilómetros de la costa mauritana. Las operaciones de salvamento se realizaron en el caos y los jefes sobrecargaron de gente una balsa. *La Medusa* vuelve a alta mar, pero en condiciones de deterioro. Doscientos treinta y tres pasajeros salvan el pellejo en canoas y chalupas. Desde luego, entre los elegidos estaba Chaumareys; de los diecisiete marinos que quedaron a bordo del barco sobrevivieron tres. Pero ciento cincuenta y dos marinos amontonados en la balsa de veinte metros de largo por siete de ancho, con muy pocos víveres, quedaron rezagados.

De repente, la amarra que une la balsa con el resto de las embarcaciones se rompe, o alguien la cortó, la balsa empezó a derivar. De inmediato, los marinos comprendieron que la suerte les había abandonado; en la primera noche, veinte de ellos se suicidaron, o fueron asesinados. Al cabo de doce días, la balsa fue descubierta por otra embarcación: *L'Argus*. Solamente quince marinos habían sobrevivido, con toda evidencia practicaron el canibalismo. Cinco murieron días más tarde, producto de graves infecciones.

El periódico *Le Journal des Débats* se hizo eco de la tragedia y publicó el informe del médico Henry Savigny, sobreviviente de la balsa. El relato fue espantoso: de cómo los engañaron a la hora de subir a la balsa, del abandono, de las condiciones miserables en la balsa, aterrillados bajo el sol, sedientos, hambrientos, los ahogados, la violencia, cómo los más fuertes mataron a los débiles, los actos de antropofagia. Todo eso explicado por la prensa desató el escándalo político. El comandante Chaumareys fue condenado a tres años de cárcel.

Parada ante la inmensa obra de Géricault no puedo evitar la perplejidad, una y otra vez, la desesperación de esas personas luchando por la vida, en medio de un mar revuelto, me es sumamente familiar. Los cuerpos apilados, algunos a punto de caer al agua, otros ya muertos, los cuerpos descolgados hacia lo profundo del océano, otras figuras aún con los brazos apuntando a un horizonte imaginado, soñado quizá.

Aunque reducidos a los más bajos instintos de supervivencia, la dimensión histórica que aporta el pintor a los hechos reales introduce interpretaciones sobre momentos esenciales en la vida: el anciano meditativo que sostiene el cuerpo del joven, pareciera que ya no quisiera pensar más que en la soberbia del ser humano, incrédulo todavía ante semejante horror. Sin embargo, un joven negro agita su camisa al horizonte. Muchos han visto en esta obra el destino de la sociedad francesa a la deriva, en un gran momento trágico descrito magistralmente por el arte, gracias a la grandeza de Géricault.

Es un cuadro oscuro, entre verdoso y ocre, el viento sopla con fuerza bestial.

El temporal amenaza con tumbar los cuadros de las paredes; el agua empieza a subir entre los resquicios del enlosado que se ha resquebrajado. El agua, salobre, sube con una rapidez inexplicable, ya me llega por los hombros; nado a contracorriente, me duele el pecho, mis pulmones silban. Por la puerta entra una patera, viene de Marruecos, dentro hay un grupo de hombres y mujeres al borde de la muerte. Una mujer con un niño en brazos cae desmadejada, su vecina le sostiene a la criatura.

Detrás de esa patera, surge otra, es una balsa proveniente de las costas habaneras, construida con ruedas de rastra, sábanas agujereadas hacen de velamen, la madera del suelo colocada encima de latones cruje podrida. Encima unos jóvenes vocean hacia el techo, confundiéndolo con el cielo, una mujer intenta izar a un bebé en brazos para que la vea una avioneta de rescate. Nadie repara en ellos, porque ningún avión sobrevuela las nubes. De hecho, ni siquiera hay nubes.

Los visitantes del museo nadan junto a mí, alrededor de las pedestres balsas; angustiados, intentan comprender lo que sucede. ¿Por qué el museo se encuentra sumergido debajo de un mar tempestuoso? ¿Por qué el Louvre se ha convertido súbitamente en una inmensa balsa a la deriva por todo París, con tantos inocentes dentro? ¿Por qué la gente nos apunta con el dedo extrañados desde un más allá inextricable y nos llama *La balsa de la Medusa*?

No puedo aceptar esa insoportable comparación, entonces recobro las fuerzas, y nado, nado, nado hacia la salida. Pero el guardián cierra las puertas, y nos quedamos atrapados.

Estoy exhausta, me aferro a una columna, pero una ola me arranca de ella, entonces quedo atrapada detrás de un descomunal cuadro que se ha zafado de la pared, y de este modo consigo subir por el borde hacia una esquina del techo. Allí el vapor me adormila.

No sé cuánto tiempo la novelista estuvo dormida. Pero al despertarse todo estaba en su lugar, ni siquiera quedaba una huella de humedad. La célebre obra de Géricault perfectamente colocada en su sitio.

El guardián iluminó la cara de la novelista con la linterna.

—Mire usted, le daré un consejo útil. No siga cenando tan tarde. La cena seguramente le habrá sentado mal, porque ha gritado usted como una loca. Daba escalofríos en la rabadilla oír sus alaridos.

El guardián se alejó cojeando. Sus ropas secas, sin huella alguna de haber pasado por un maremoto. Como de costumbre, soltaba las peores maldiciones.

—¡Vaya, vaya, qué miseria, me caso en diez! ¡No me ha dejado pegar ojo en toda la noche, la *pétasse* de los cojones! ¡Me cago en su estampa, y en todas las estampas de este museo, que tan cansado me tienen!

Entonces aparece Orlan, va envuelta entre gasas de hospital, en la cabeza un sombrero picudo, se quita el sombrero. Su cabellera dividida en dos partes con raya en medio está teñida en dos colores, una en amarillo pollito y otra en negro. Lleva espejuelos redondos, bordados en espigas de diamantes; a la altura de las sienes se notan dos implantes abultados, introducidos debajo de la piel. He visto la película dedicada a Orlan y a sus *performances*, las diversas operaciones que ha hecho en su cuerpo, que es su templo, sólo para modificar el envoltorio que contiene su alma. Orlan empieza a leerme un libro muy filosófico, y en eso tropezamos con la *Joven huérfana en el cementerio* que es una obra de Eugène Delacroix, realizada hacia 1824.

—He aquí una mujer a la que me agradaría parecerme —suspira la joven mientras contempla a Orlan.

Y abre los ojos todavía más asombrada, la boca entreabierta, al advertir la boca exageradamente pulposa, casi a estallar de silicona de Orlan. La blusa se le cae del hombro.

—Mi alma soberanamente virtual agradece sus palabras. Mi cuerpo es un sitio remodelado, cual un antiguo mausoleo agrietado.

—No observo ni una sola grieta, estimada señora.

—Han sido reparadas, he rellenado todo con papel de periódico.

—¡Eh, bien, magnífica obra!

Las dejo a ambas hablándose, palpándose la carne, investigándose los poros.

La orgía suicida de Sardanápalo

El placer y el espanto a sus pies, sobrecogidos, entonan canciones todavía ebrios de vino, satisfechos de manjares y lujurias. Myrrha, la favorita del harén, abre los brazos en cruz y coloca el robusto pecho encima de la cama de su amo: el soberano sirio, creador de la ciudad de Anchiale, rey de la bíblica Nínive, reclinado, observa meditabundo, con un aire melancólico, envuelto en una túnica blanca. Termina su vida de la misma manera que la vivió —reflexiona—, entre opulencia orgiástica, esclavos, caballos, concubinas enamoradas o abyectas. Los eunucos se encargarán de troncharles el cuello. La cabellera castaña de Myrrha, echada hacia un lado, descubre su cuello nacarado, orejas pequeñas enjoyadas, y una espalda lisa por la que pareciera que resbala la luna. Sardanápalo, mitológico Asurbanipal, ha amado a esta mujer, también su hermano la amó. Pero ella sólo vive para su rey, ella reúne fuerzas, es inteligente, sabe que le quedan pocos minutos de vida, pero desea morir amando; y entonces abriga con sus cabellos los pies de su hombre, y se aferra a los efluvios de los cuerpos que aún emanan del lecho, olores perversos, pero olores que la hicieron reír a carcajadas, gozar con las piernas al aire, los muslos lechosos marcados por los dedos de su amante.

El soberano sabe que ni siquiera podrá intentar la guerra, es la razón por la que ordena a sus guardias que degüellen a sus mujeres y a sus caballos. Él quiere contemplar la escena, él será el último sobreviviente. Ansía disfrutar del espectáculo de la abrupta y definitiva matanza, de la misma manera en que gozó de las bacanales. Pronto la ciudad arderá. Pronto todo a su alrededor arderá. El enemigo está cada vez más cerca, en breves momentos entrará en la ciudad. Pronto él mismo decidirá su final, cerrará los párpados resignados, consumido por las llamas. Lejanas quedan las noches en las que vistió las ropas de sus mujeres, y afeminado acariciaba los rizos de alguno de sus súbditos.

No permitirá que el enemigo destruya sus dominios. Él mismo encenderá la mecha que arruinará su reino. De este modo, ensimismado, ecuánime, da las órdenes: primero los actos criminales, el suicidio colectivo, inmediatamente después, el fuego. El fuego que devorará muebles, cortinajes, cojines, objetos de gran valor, y los cuerpos de sus damas, y los cuerpos de sus bestias, y la riqueza de su vida y de su reino, pero también la de su espíritu, cansado de dudas, de preguntas desequilibrantes.

Los oficiales deberán encender la llama, después de que hayan colocado su lecho encima de una inmensa montaña de paja. Nada, ninguna huella de su placentera vida deberá sobrevivir.

Los pajes corren de un lado a otro, apresan caballos y huidizas amantes. Las bestias enjoyadas se lamentan con horrendos relinchos, las mujeres desnudas, resignadas a su suerte, entregan sus cuerpos recién lavados y perfumados con rosas y gardenias.

Lord Byron se asoma encima del hombro de la novelista.

—¿Está viendo todo eso, joven pretenciosa? Ya yo lo escribí hace tiempo. Delacroix se inspiró en mi poema «Sardanápalo», traducido al francés en el año 1922. Me siento sumamente orgulloso de haberlo inspirado.

Asiento sin volver la cabeza hacia Lord Byron. No es la primera vez que él y yo conversamos amenamente sobre esta misma obra de Delacroix.

—Joven presumida —de este modo me ha venido llamando desde que nos conocemos—, no creo que se atreva usted con semejante tema. Además, no podrá, sin referirse antes a mi trabajo, y esto mermará importancia a su obra.

Me vuelvo a Lord Byron; no lo había hecho antes porque temo

nuevamente caer en sus redes. Es un seductor, un maldito hechicero, con esos ojos oblicuos que apresan y castigan.

—No, maestro, sólo observo y tomo notas. —Avergonzada, bajo los párpados.

—Deberías estar en el sitio de Myrrha, y yo en el de Sardanápalo —murmura Lord Byron justo cuando su mano acaricia mi nuca.

—En este instante no creo que sea demasiado conveniente. Pronto arderán como trozos de leña humana. —Me dejo invadir por la caricia.

—Ya sabes que no me refiero a este momento, sino a cuando vivían la *dolce vita*, enfrascados en veleidades y voluptuosidades fáciles de imaginar. ¿No crees que tú y yo deberíamos regodearnos con esas imágenes y dar rienda suelta a nuestros deseos?

El poeta se inclina encima de mí y su boca se prende a la mía, introduce su lengua, me hace cosquillas en el paladar con la punta afilada. La lengua del poeta hurga en mi garganta, y mi sexo se humedece. Separa sus labios y me mira, enseguida observa el cuadro:

—¿Sabes?, esto no te lo dije nunca antes, pero me recuerdas a la damita de honor de la que me enamoré perdidamente el mismo día en que me casé con Annabella. Ella iba sentada entre ambos, en el coche, y su muslo rozaba el mío... No sé por qué, inevitablemente tú y yo siempre nos encontramos delante de este cuadro de Delacroix.

Entonces el poeta me toma bruscamente por los brazos, de la misma manera en que uno de los guardias al pie del lecho del rey toma a una de las amantes, y como a ella me obliga a arrodillarme, de espaldas a él. Tironea de mi ropa, me desviste a la fuerza. Y completamente desnuda me lanza al interior de la obra. Caigo en la misma posición que Myrrha, la he reemplazado; sólo me resta levantar la mirada para comprobar que Lord Byron se halla recostado, asumiendo la posición de Sardanápalo.

La novelista acomoda su mejilla en la sábana perfumada con un aroma a rosa oriental. El incienso inunda la habitación. A través de una ventana, porque ella intuye que se trata de una ventana inmensa hacia otros mundos, sucesivos rostros fijan sus pupilas en ella, y en los que la rodean, que van a morir. Una joven extrae de su bolso un lápiz y un cuaderno y empieza a copiarla, siempre espiándola a través de la ventana. Una amplia variedad de gente pasa, tiran fotos, sobre todo los japoneses. Algunos se quedan delante, comparándola a ella con otros personajes de Delacroix, que nada tienen que ver con esa Myrrha seducida y sacrificada en la que se ha transformado, con aquellas mujeres argelinas en su apartamento.

Transcurren varios días, no puede escapar al deseo de Lord Byron de que ella resista en esa posición. Entonces, sorpresivamente, entre el numeroso público que ha pasado a visitar *La muerte de Sardanápalo*, ella avizora el rostro sumamente fresco y hermoso de una señorita: ojos de un azul insondable, cabellera suelta, negra como el carbón, cubre sus hombros; la piel blanquísima, boca pequeña y carnosa, dientes perfectos, nariz también pequeña y perfecta. Descrita así, su cara parecería corriente, pero no lo es, sobre todo porque lleva impreso un gesto malicioso que le devora la personalidad.

El poeta ha reparado en ella, que se acaba de enamorar del rey de Nínive; se lo confiesa a una amiga que la acompaña.

—¿Cómo puedes decir que amas a un personaje de un cuadro? ¿Estás loca? —La amiga se aparta de la ventana y escapa hacia otra ventana.

Aprovecho y le cedo a la joven el puesto de Myrrha. Sucedió muy fácil, bastó que el espíritu inflamado de Sardanápalo se lo pidiera a Lord Byron, con tal vehemencia, que me veo expulsada del cuadro y en mi lugar a la recién llegada. Entonces, en cuestión de segundos, me hallo del otro lado del espejo, o sea, del imaginario ventanal.

Razones de la tibieza
según Ingres

El jolgorio de la *Boda judía en Marruecos*, el cuadro de Eugène Delacroix, despierta a la novelista, quien se dirige a festejar y bailar con la novia al ritmo de mandolinas y tamborcillos. Sin embargo, ha preferido quedar rezagada delante del cuerpo espléndido de Angélica, a la que Roger intenta liberar de sus cadenas desde 1819, año en que fue pintado este cuadro por Jean-Auguste-Dominique Ingres.

A partir de 1806, Ingres decide estudiar en Italia la escultura antigua, y se vuelve un devoto de los maestros del Renacimiento y del siglo XVII. Años después pintará *Roger liberando a Angélica*, inspirado en un episodio del *Orlando furioso*, de Ludovico Ariosto, novela de caballería, cuya acción ocurre durante las cruzadas.

Roger, montado encima de hipogrifo, mitad caballo, mitad águila gigantesca, con las alas abiertas, en pleno vuelo llega a la gruta donde Angélica, reina oriental, se encuentra esposada con cadenas; así la dejaron los piratas después de secuestrarla. Su cuerpo núbil y desnudo, los senos pálidos. La cabeza echada hacia atrás muestra que se encuentra en un estado de fragilidad absoluta, los ojos virados en blanco pareciera que oran fatigados. Roger, con casco y peto dorados, hunde su lanza en la boca de la bestia colmilluda. Se oyen cantos medievales y rugidos inextricables. Entonces se mezclan las óperas de Vivaldi, de Haendel, de Lully y de Quinault.

—¿Por qué te agrada esa pintura? —La que habla es una de

las muchachas de *El baño turco* de Ingres—. ¿Por qué no vienes a ver nuestro cuadro?

—Siempre paso a verlas, ustedes son de mis preferidas; pero no puedo impedir mis sentimientos por Angélica, y me detengo invariablemente ante ella, y ante Roger, el héroe.

—¿Qué sentimientos? —inquiere nuevamente la muchacha de brazos cruzados a la que peina una adolescente con pañuelo enrollado en la cabeza, ahora visiblemente tensa.

—Su soledad, al borde del peligro, y su desnudez, la tibieza de su carne, me provocan melancolía —respondo, y restriego mis manos húmedas.

—Lo siento —suspira la joven.

—Oh, no te inquietes, me gusta este estado melancólico, lo disfruto. Disfruto más así que cuando me siento alegre. Desconfío de mí cuando me veo tan alegre. Temo volverme bruta si me río mucho, y ser castigada.

—Nadie será castigado por reír. La risa es muy saludable. Debo regresar a mi cuadro, dentro de poco entrarán los visitantes, y no quiero verme obligada a confundirme en otra obra, como me pasó ya una vez. —Su cabellera ondula, levita irreal.

—Te acompaño —sugiero, y ella se siente más segura, o es la impresión que me llevo al ver que avanza más relajada.

—En una ocasión no llegué a tiempo a la obra, andaba deambulando por el museo, y me retrasé, distraída con el joven desnudo sentado al borde del mar de Hippolyte Flandrin. Me he enamorado perdidamente de este joven que oculta su rostro entre las rodillas, pero jamás consigo sentarme junto a él, la roca es demasiado estrecha, no quepo.

—Pero has conseguido hablarle, supongo.

—Claro que sí, aunque es muy tímido y tengo que sacarle las palabras con gancho. Pero nos hemos hecho amigos. Aquella vez también él llegó tarde a su cuadro. Y una vez allí, había un visitante reemplazándolo, un escritor, se llama Jaime Bayly. ¿Lo conoce?

—Lo conozco, lo he leído. —No le confesé que se trataba de un amigo para no parecer pretenciosa.

—Yo no tuve su suerte, a mí nadie me sustituyó, entonces el

cuadro quedaba feo sin mí, deslucido. Menos mal que ningún visitante había llegado aún a él, y me dio tiempo a correr y colocarme en mi espacio. Pero llegué sin aliento, y cuando acudió la primera persona, mis mejillas ardían, respiraba entrecortadamente, olvidé cruzar los brazos, y las demás bañistas estaban furiosas conmigo porque aunque tuve tiempo de situarme, lo hice con tanta prisa que alteré el sentido del cuadro.

Ya estamos frente a la célebre obra. La piel de la bañista que toca la cítara es más cruda que las demás, posee un color más vivo, rezuma más la piel, un rayo de luz parece que traspasa su hombro izquierdo, y nunca acabaré de lamentar que sólo podamos apreciar una ínfima parte de su perfil. Estamos ante una de las figuras más vistas del Museo del Louvre. La joven de cabellera abundante y rubia hace graciosa entrada en el cuadro, la adolescente de pequeños senos toma el mazo de sus cabellos y empieza a desenhebrarlos mientras los perfuma con un frasco incrustado de piedras preciosas. La joven aprovecha y también se perfuma entre los senos, discretamente. En el harén, las mujeres se abrazan entre ellas, aunque ninguna mirada se entrecruza, acarician sus cuerpos desnudos y a veces unen las mejillas, aproximan las cabezas engalanadas de tiaras, de los pechos cuelgan collares o frágiles cadenas. Detrás, hacia la izquierda, una de ellas baila, brazos en alto, los pies colocados uno delante del otro, el torso ligeramente doblado, es Madeleine, la mujer del pintor; se percibe esa desproporción anatómica que Ingres acuña en sus modelos femeninos: tres costillas de más, una curvatura elegante en la espalda, bastante felina. Junto a la que toca el instrumento, en primer plano, la odalisca de los brazos en alto, echados detrás de la cabeza reclinada, ensoñadora, es la única que observa al alguien que encontrándose dentro del cuadro está fuera de él, la línea de su mirada es una de las más misteriosas de la historia de la pintura, y aun cuando pretendamos colocarnos en su campo visual, resulta imposible, y sin embargo pareciera que la joven mira a alguno de nosotros.

Es un hombre de ochenta y dos años quien pinta esa obra maestra, pero declara vanidoso que posee la fuerza y el fuego de un hombre de treinta. Ingres vivía obsesionado por una especie de orientalismo soñado, irreal, idealizado, jamás estuvo en Oriente, ni siquiera visitó un harén.

El baño turco no es un cuadro únicamente sobre el baño de las mujeres en un harén, y sus momentos de reposo íntimo. Está considerada una de las pinturas más lascivas del arte erótico, y fue juzgada de demasiado escandalosa para ser expuesta. El pintor decidió darle forma de medallón unos cuantos años más tarde, y quien primero compró el cuadro fue un familiar de Napoleón III.

Me despido de la bañista con los brazos cruzados, ella me hace un guiño furtivo, de reojo.

Detrás de mí, ¡quién lo diría!, observa la escena, encantada, Angélica, fugada del otro cuadro de Ingres, *Roger liberando a Angélica*.

Las sombras del maestro
y su discípulo

«Todo para una sombra» es la frase más repetida en el *Ulises* de James Joyce; esa frase la escogí para el título de mi segundo poemario. Aprecio en la poesía, así como en la pintura, el papel secundario de las sombras, que siluetean y proveen de intensidad y esplendor a los protagónicos. No sé si ya se ha estudiado la personificación literaria de las sombras en el Museo del Louvre, pero existen dos cuadros que merecerían ese estudio, uno de ellos es *Las sombras de Francesca de Rimini y de Paolo Malatesta se aparecen a Dante y a Virgilio* (1855) de Ary Scheffer, la otra es *La joven mártir* (1855) de Paul Delaroche. Resulta curioso que ambas pinturas daten del mismo año. Sin embargo, mientras que en la obra de Scheffer está implícito desde el título el afán de citar la obra monumental de Dante Alighieri, *La Divina Comedia* (1306), en la de Paul Delaroche, éste eludió la relación con la novela *Los mártires* (1809), de François-René de Chateaubriand; ni siquiera aceptó que se comparara a su personaje con la Ofelia de *Hamlet* (1603) de William Shakespeare.

Delaroche prefirió dar la versión de que él había imaginado la escena inspirado en una leyenda de la época de Diocleciano, a principios del cristianismo, en la que «una joven romana, al haberse negado de morir sacrificada a los falsos dioses, prefirió precipitarse al Tíber». Lo cierto es que la muchacha lleva los brazos amarrados delante de su cuerpo, que es de una pureza virginal; vestida de blanco, flota en las aguas oscuras del río, el rostro pálido sobresale con una belleza poco común; no parece que esté muerta, su cabellera rubia hundida en el agua se esparce como retazos de una rara seda, encima de la mejilla ladeada. Arbustos de algas rodean a la joven, a lo lejos, en un promontorio, una sombra masculina agita los brazos. Toda la luz se concentra en el cuerpo de la ahogada, y en un ínfimo fulgor que agoniza en un distante mar idealizado, detrás de la figura que se inquieta agitada. Yo he querido ver en esa figura a Chateaubriand, pero también a Shakespeare, viviendo ambos la desesperación ante la muerte irremediable de uno de sus personajes. Paul Delaroche tal vez vio a Diocleciano, o se pintó a sí mismo, en la piel de Diocleciano, pero a mí no habrá nadie que me quite de la cabeza la imagen metafórica del escritor metamorfoseado en el alma que da cuerpo a la obra, en sombra de su pensamiento.

Confieso que cuando leí *La Divina Comedia* no sabía que el cuadro de Ary Scheffer existía, ni siquiera soñaba con viajar fuera de Cuba y de instalarme como huésped permanente en el Museo del Louvre, pero mientras leía a Dante, imaginé a Francesca tal como aparece pintada en este cuadro (*Las sombras de Francesca de Rimini y de Paolo Malatesta se aparecen a Dante y a Virgilio*): Una muchacha, desde luego muy hermosa, como no podía ser de otra manera, de piel blanquísima, pelo negro como el azabache, tan largo que las puntas rozan el suelo, cejas pobladas, aunque finas y delineadas, nariz estrecha y recta, boca muy roja, sensual, el labio de arriba ligeramente levantado; un cuerpo adolescente, robusto, de pechos y carnes firmes se aferra al torso de su amante. La desnudez de Francesca de Rimini es sublime, su retrato describe la corporeidad suprema de la pasión culpable.

Las líneas entrecruzadas de los brazos de ambos amantes resultan sensacionalmente impecables, podemos observar una especie de movimiento musical en esos cuerpos enrollados en una túnica demasiado celestial para el instante si nos damos cuenta de que su destino es el Infierno. La luz recorre sensual el cuerpo de Francesca, la curva de sus nalgas, la cintura partida, el vientre pequeño que dibuja el nacimiento del pubis, el deseo amoroso en su rostro, y la luz se vuelve más densa y ardiente en el cuerpo de Paolo, cuyo rostro se fuga hacia la sombra; adivinamos una pierna porque el claroscuro la anuncia discretamente.

Sin embargo, el título del cuadro debería ser a la inversa, porque los que realmente se encuentran en la sombra son Dante y Virgilio, quienes absortos contemplan la escena en la belleza de la misma. El maestro se lleva la mano al pecho, el discípulo se rasca una mejilla. La novelista anota cuidadosamente en su cuaderno, últimamente le ha dado por repetir y repetir bocetos, y en una carpeta que ha destinado a los dibujos hasta reitera febrilmente esos rasgos fijados en la sombra.

En la sala, el público va y viene, en una marcha lenta, respetuosa, devota casi, frente a cada obra. Varios jóvenes también realizan sus bocetos de estudios, y algunos visitantes fotografían sin flash fragmentos de pinturas.

Entre esa marea que no se detiene jamás de visitantes, creo ver a *La musa de Virgilio*, también llamada *La lectora con guirnalda de flores* (1845) pintada por Jean-Baptiste Camille Corot y fugada de su cuadro. Le digo que al menos cierre su vestido, porque eso de que en el cuadro aparezca con el corpiño afuera está bien, pero que ya no estamos en el cuadro. Lleva el libro en la mano, la corona natural, y el mismo vestido color azul Caribe, los pies descalzos y su cabellera rojiza algo despeinada.

—Me acaban de confundir con una *hippy*. —Se tapa la boca para esconder su risita traviesa.

—Lo pareces —confirmo—. ¿Qué haces por acá?

—Virgilio necesita de mí en ese cuadro. ¿Has visto cómo se le apergamina la cara cuando no me ve?

Era cierto, de súbito el rostro de Virgilio en la sombra, dentro del cuadro de Ary Scheffer había tomado un tinte medio verdoso.

—Pero no dejarás a Dante solo —protesté.

—Él también necesita de su musa, pero no encontré a Beatriz por ningún sitio, debe de andar metida en algún cuadro que no le corresponde; ya sabes lo sabina que es, le encanta meterse en los cuadros de los demás.

Asentí divertida con el comentario.

—¿A quién dejaste sustituyéndote? —Ya empezaba a inquietarme.

—A una pintora, se llama Gina Pellón, pinta unas mujeres todo coloreadas, con pájaros, una belleza. Llegó hasta donde yo estaba, me preguntó el título del libro que leía, y empezó a estudiar los tonos de mis cabellos; dijo que ella quería reproducir esos tintes en una cabellera de una de sus mujeres. Fíjate, cuando llegó era una señora mayor, y mientras conversaba fue recobrando su juventud, hasta que llegó a la edad que tengo yo ahora...

—O sea, que de 1845 hasta acá... ¿qué edad tienes? —Hice la reflexión sólo para molestarla.

Me dio un manotazo en el brazo.

—Ya sé que soy vieja, no me lo recuerdes, quise decir que «hasta que alcanzó la edad que aparento yo ahora». ¿Contenta la señora novelista con mi rectificación?

Volví a asentir con la cabeza. Imaginé a Gina Pellón dentro del cuadro, y no pude menos que sentir curiosidad.

En cuanto Virgilio vio a su musa, descendió de la pintura y se aproximó hacia nosotros; él acarició sus mejillas y ella lo besó en los labios, enseguida el hombre recobró sus colores.

Entonces preferí dejarlos solos y me dirigí al sitio donde se hallaba la pintora Gina Pellón reemplazando a la Musa de Virgilio y de Corot.

Saludé a la pintora, nos conocemos desde hace quince años, visito su taller con frecuencia. Es una pintora cubana que llegó a París en los años sesenta, vivió en la Ciudad Universitaria, formó parte del Grupo Cobra.

Gina se encontraba en la posición de la joven de Corot, la cabeza descansa encima de la mano, los dedos doblados, el brazo a su vez reposa en un muslo, está sentada encima de un montículo o de la raíz de un árbol, lee y con la otra mano sostiene el libro, que se apoya encima del otro muslo. El pie izquierdo sobresale descalzo de su larga falda.

Levanta los ojos hacia mí:

—No sabes lo que me cansa esta posición. ¿Se demorará mucho esa chica?

Sonreí y respondí que muy poco. Gina se veía muy hermosa, muy joven, y unos cuantos japoneses y rusos le fotografiaban el pie.

—No sé por qué retratan tanto mi pie.

—Digamos que es un detalle sobresaliente que les interesa. Y es cierto que tu corpiño abierto y el pie que enseñas casi con coquetería resultan muy provocadores.

La brisa movió imperceptiblemente las copas frondosas de los árboles a lo lejos, detrás de ella. Y su tiara de flores también vibró en secreto.

A una cierta distancia, la verdadera Musa se besaba con Virgilio, pero también con Dante. ¡Fascinantes, atrevidos!

Esther, Madonna, Andrómeda,
las nereidas, Adèle, Aline
y Desdémona

Repentinamente se arma un revuelo en el museo, los guardianes corren de un lado a otro, los visitantes sacan cámaras, teléfonos móviles, todos quieren una foto con ella. ¡Ella! No se trata de *La Gioconda*, ni siquiera de *La odalisca*, nada que ver. Se trata de una mujer menuda, ni siquiera es alta, más bien delgada. Los visitantes gritan detrás de ella: «¡Madonna, Madonna, un autógrafo, *please*!». Madonna, la Ambición Rubia, la reina del pop, ha venido al museo. Observa los cuadros con premura, aunque le agradaría quedarse más tiempo, finalmente firma unos cuantos autógrafos, deja que la retraten, y pide disculpas, añadiendo que le encantaría poder ver el museo con calma y tranquilidad. La gente se aparta, sonrientes, satisfechos, aunque varios curiosos revolotean a su alrededor. Madonna viajó a París a presentar un libro para niños, que ella escribió, y quiso visitar el Louvre. Le recomendaron que no lo hiciera, que la gente no la dejaría ni siquiera caminar, que se le echarían encima. Algo de eso ocurrió al principio, pero al rato, la cantante pudo moverse de un lado a otro de los salones, e incluso consiguió demorarse delante de algunas de las obras de su preferencia.

De este modo pudo deleitarse con *El baño de Esther* (1841), de Théodore Chassériau, preguntó qué representaba la escena del cuadro, y uno de los especialistas del museo le explicó lo siguiente:

—La obra se llama *Esther preparándose para ser presentada al rey Asuero*, pero posee un segundo título: *El baño de Esther...*

—Prefiero el segundo —dije yo, pero nadie reparó en mis palabras.

—Esther fue una joven judía —prosiguió el especialista— que fue escogida como esposa por el rey de los persas. Esther se apresta, para ir a implorar al gran visir que impida la masacre de los judíos. Esta representación ha sido extraída del Antiguo Testamento. Se dice que esta obra es una de las versiones del tema de la odalisca, tan usado en la pintura. Se nota la impronta de Ingres, pero también la huella de Delacroix; pero Chassériau viajó a Argelia, su obra logró ser mucho más íntima, más personal, debido a sus experiencias...

La cantante se lleva la mano a los labios, los acaricia con la yema de los dedos. Puedo adivinar lo que piensa, porque yo también lo estoy pensando. Madonna se parece mucho a Esther, sobre todo en ese mohín caprichoso del labio inferior, y en la turgencia de los senos, en los pezones pequeños; estará pensando, recordando las intimidades de su propio cuerpo. Esther eleva los brazos, recoge su cabellera rubia en un moño, que no termina de atar. Lleva un brazalete casi pegado al hombro, que le realza la transparencia de las axilas. Un sayón blanco y una tela color palo de rosa la tapa de las caderas hacia abajo, sin embargo, pareciera que ondea su vientre, y que en el ombligo le nacerá una perla dorada.

—¿Y esas dos mujeres detrás de ella? —pregunta la diva.

—Las esclavas —respondo, nadie me oye.

Madonna no tiene más que ojos para Esther.

—¿Deseas ocupar mi lugar? —le pregunta Esther a la reina del pop.

—No estaría mal, por un momento, eso de prepararme para que un rey escuche mis exigencias.

Madonna intercambia su ropa con Esther, y se sitúa en el sitio de ésta, adopta la posición, los senos descubiertos, los brazos en alto, recoge su cabellera, la nuca fina y despejada. Pareciera que va a entonar «Like a virgin».

Esther se aleja disfrazada de Madonna, botas de cuero enlazadas hasta las rodillas, corpiño también de cuero negro con ajustadores puntiagudos, pantalones ajustados; yo sé adonde va, seguramente irá a buscar a su amiga Andrómeda, que lleva desde 1840 atada a una roca por las nereidas (*Andrómeda encadenada a la roca por las nereidas*), otro cuadro de Théodore Chassérieau, de quien se conserva una cantidad vasta de su obra en la colección del Louvre. Su heredero, el barón Arthur Chassérieau legó su herencia al museo. Pero Théodore Chassérieau fue un niño prodigio, al que Ingres admitió enseguida en su taller. En 1831 contaba que tenía solamente doce años y ya había empezado a pintar escenas audaces con gran fogosidad de su imaginación. Además, se convierte muy temprano en una presencia importante en los salones parisinos; frecuentaba los medios literarios con soltura. Hizo retratos de sus parientes, pero donde por fin expone su obra como autor imprescindible fue en el Salón de 1839, con dos pinturas de carácter histórico. Entre 1840 y 1841 vivió en Italia, donde consagró su tiempo y sus bocetos a estudiar los rostros humanos al natural. A su regreso a Francia, volvió a exponer, pero esta vez una serie de obras magistrales, en el Salón de 1841: *El reverendo padre Dominique Lacordaire, Andrómeda encadenada a la roca por las nereidas.* Más tarde, en el Salón de 1842, expondrá su obra *Esther preparándose para ser presentada al rey Asuero.*

No voy a dudar de ninguna de las referencias, ni de las explicaciones, que han hecho los especialistas sobre estas obras del Louvre. En primer lugar, no poseo el conocimiento suficiente para poner en tela de juicio, ni siquiera discutir los significados que personas cuya profesión consiste en desentrañar los misterios de estas obras, han dado de ellas; sin embargo, confieso que disfruto con vehemencia de novelista al hallar vericuetos o resquicios en los cuadros por los que puedan deslizarse historias subalternas. Y esto es lo que aprecio de la crítica artística, cuando no impone sus puntos de vista ni nos abunda en visiones traídas por los pelos de mediocres observadores trasnochados, aprecio finalmente cuando su juicio reposa en la imaginación, y de un misterio saca otro, como de la chistera de un mago.

La corpulenta Esther, embutida en los trajes de Madonna, rogó a las nereidas que dejaran libre por un par de horas a An-

drómeda. Éstas rezongaron, pero comprendieron que ya llevaban demasiados años torturando a la pobre mujer, y decidieron
soltarla. Andrómeda envuelve en una seda su esbelto cuerpo de
senos pequeños y echa a andar junto a Esther.

La novelista va siempre detrás, curiosa de saber qué harán
esas dos mujeres que han decidido ver lo que pasa a su alrededor, al menos en los límites en los que las confina el museo.

Esther y Andrómeda se aproximan a un hombre, de unos
treinta años, que teclea en su ordenador, y a ratos sube la vista
hacia el *Retrato de señoritas,* o *Las dos hermanas, Marie-Antoinette, a la que llaman Adèle, y Geneviève, a la que llaman Aline.*
Ambas fueron las hermanas de Théodore Chassérieau.

—¿Le interesa a usted tanto esa pintura? —pregunta Esther
al hombre.

—Hola, me llamo Frédéric. Soy consultor de arte y debo escribir una conferencia sobre esa obra en particular, y su relación
con otro cuadro donde aparecen dos hermanas: *Gabrielle d'Estrées y una de sus hermanas.* Me dedico a estudiar el misterio
de las figuras femeninas duales en la pintura.

—Encantada, me llamo Esther. —Tiende su mano tímidamente—. Ella se llama Andrómeda.

—Curioso nombre ese de Andrómeda. —El hombre las observa intrigado—. ¿Son ustedes de aquí, son de París?

Andrómeda no puede evitar la carcajada, aunque la reprime
en el cuenco de su mano.

—Somos de por aquí cerca, no de muy lejos. Sí, claro, de París. Y aunque no pertenecemos a esa misteriosa coincidencia de
una pareja de mujeres en un cuadro, cosa que nos agradaría
enormemente con tal de que usted se interesara en nosotras,
descendemos, o sea provenimos de la línea sanguínea del pintor Chassériau...

Esther sabe mentir, la escucho y no puedo creérmelo, pero
en realidad, ha mentido a medias. El hombre se levanta de
su banqueta, coloca el ordenador encima de la misma, y vuelve a estrechar la mano de ambas, visiblemente emocionado de
conocer a dos personas emparentadas con el pintor al que tanto admira.

Adèle y Aline, en el cuadro, no desaprovechan la ocasión para mirarse entre ellas, ahora que el pintor atiende a otras criaturas y de hacer un gesto de interrogación ante la coquetería de Andrómeda y Esther con su amigo Fred, que con esa familiaridad ya se tratan ellas con el hombre.

Adèle y Aline van vestidas igual, incluso llevan encima de los hombros cada una un manto rojo como de cachemira. También se han peinado similar, la abundante cabellera partida al medio, recogida con consistentes moños en la nuca. Son tan iguales que parecieran mellizas, aunque Marie-Antoinette, a la que todos llaman Adèle, es un poco más alta que Geneviève, a la que todos llaman Aline. Dos gargantillas idénticas cuelgan de sus cuellos. El rostro de Adèle es ligeramente más ovalado que el de su hermana, el de Aline pareciera un poco más lánguido. Adèle se muestra menos seria. Aline se aferra al brazo de Adèle como buscando protección.

Entre tanto, Fred le entrega una tarjeta de visita a Andrómeda y les pregunta si podrían darle las suyas. Andrómeda no sabe qué responder, pero enseguida Esther encuentra la solución:

—A decir verdad, vivimos en un castillo en las afueras de París, desconectadas del mundo real...

—¿Del mundo real?

—Perdón, quise decir «del mundo», a secas. No tenemos teléfono, y llegar hasta allí resultaría para usted una verdadera pesadilla. Mejor nos volvemos a dar cita en este mismo lugar, mañana, a la misma hora.

El hombre duda ante la precipitada declaración, pero la mujer es tan bella, y cuando habla hace ciertos gestos con la cara, que lo embobecen.

—De acuerdo, mañana nos veremos aquí. Vengo a diario, con mi ordenador, escribo aquí. Aunque sólo vendré durante una semana, luego...

—Luego nos ocuparemos nosotras de contactar con usted. No se inquiete. —Esther sonríe delicada, y sus pupilas flotan en el huevo blanco del ojo.

Andrómeda se ha entristecido, no está segura que las nereidas le permitan volver a salir del cuadro.

—Una vez que lo has conseguido, ya no podrán rechazar tu demanda de liberación —susurra Esther.

Andrómeda no puede contenerse, antes de despedirse de Fred lo besa largamente en los labios. Las hermanas contemplan alucinadas la escena.

—¡Ésta se le escapó al diablo! —musita Aline entre dientes.

Esther tiene que darle un tirón para que la otra despierte del ensueño y deje al hombre respirar. Él no puede reaccionar. Mientras las mujeres corren por los salones del Louvre y se pierden entre la multitud, el crítico de arte ha quedado paralizado. ¿Habrá soñado?

Le palmeo el hombro, confianzuda, y vuelve en sí. Después de todo, por esos traumas ya he pasado en innumerables ocasiones. «¡Bienvenido al club!», exclamo, y sigo de largo.

Entonces, no he avanzado aún unos diez pasos cuando presiento que alguien me llama con un silbido tenue; se trata de Desdémona, a quien su sirvienta recién acaba de peinar esa larga cabellera color caoba que arrastra a ras de los calcañales. La joven se anuda la bata de lino blanca con un cordón dorado que hace juego con los ribetes del cuello. Desdémona nunca acabará de acostarse, porque siempre la están peinando para que se acueste, es por eso que el cuadro se titula *Desdémona se acuesta* (1849) de T. Chassériau. El óleo está inspirado, por supuesto, en la célebre obra de Shakespeare, y la tristeza magnifica la belleza del rostro de Desdémona, quien acusada de infidelidad por su marido, Otelo, general al servicio de la República de Venecia, sospecha que pronto será severamente castigada con la muerte. Desdémona ha pasado su vida en esa eterna noche, víspera de su muerte, que nunca acaba de suceder.

—¿Podrás salvarme esta vez? —pregunta una vez más la joven, a la que devuelvo siempre la misma respuesta.

—No te sucederá nada, te lo prometo; sólo tienes que acostumbrarte a tu destino, a ese *fatum* repetitivo, a ese camino tantas veces transitado... —Y añado—: Te recomendaría que dieras un paseo con tu sirvienta.

Ella no recuerda mi presencia, ni mis palabras. Cada noche se acuesta, duerme, y al día siguiente Otelo la vuelve a acusar de adulterio, y ella vuelve a presumir que sus horas están contadas debido a las calumnias y difamaciones lanzadas sobre su persona.

—¿Por qué no visitas a Esther? Te llevarás una sorpresa —aseguro, pensando en el reemplazo de Esther por Madonna.

La muchacha acepta, me toma de la mano con la suya tibia, y pareciera que en su pelo anidaran gaviotas, y que el mar de Normandía se hallara muy próximo, o que camináramos a pocos pasos de una playa veneciana, allá, en Rialto.

Madonna nos espera, pero no en la posición en la que la dejé. Es la doble de Esther, sin duda, pero canta para un público totalmente seducido delante de la obra, un público compacto, entregado a ella, absolutamente enamorado.

La Ambición Rubia, mientras entona una de sus más populares canciones, repara en Desdémona, le sonríe, guiña pícara un ojo, la invita a subir al cuadro que ella ha convertido en escenario.

—¡Canta, canta conmigo, ven, Alanis... Señoras y señores, les presento a mi querida amiga Alanis Morissetteeeeeee!

No puedo evitarlo, me parto de risa; quién iba a decirle a Théodore Chassériau, pero sobre todo a William Shakespeare, que su Desdémona sería confundida con una cantante de folk canadiense.

Desdémona me mira buscando que le dé mi aprobación, se la doy con un asentimiento de mentón. Sube al escenario improvisado por Madonna, su hermosa cabellera brilla bajo la tenue iluminación que proviene de las claraboyas, sus labios se abren, y de ellos nace una melodía inolvidable, su voz impregnada de una honda melancolía es tan hermosa o más que la de la célebre Morissette. Los visitantes aplauden extasiados con ella, de repente, la joven toma confianza en sí misma, sonríe, olvidada quizá del castigo que cada noche, antes de acostarse, le anuda el pecho.

Medea furiosa

Esa mujer, escondida en una gruta, el pelo revuelto a sus espaldas, coronada y con los ojos aterrados escondidos debajo de un copioso flequillo, robusta, el pecho rosado al descubierto, esa mujer que carga a uno de sus hijos de forma despiadada; el pequeño se debate por soltarse de su brazo, el otro intenta escapar; esa mujer es Medea, y su furia la ciega, ¡matará a sus hijos! Lleva una daga en la mano izquierda; el movimiento del cuerpo del niño que ella sostiene resulta el centro del cuadro. Eugène Delacroix pintó esta *Medea furiosa* en 1862, es muy probable que se tratara de un cuadro de inspiración personal, no por encargo, o ambas cosas. Pero percibo en la escena un desgarro muy íntimo, y una rabia que proviene de la interpretación airada que pudo haber hecho el pintor del mito de la maga Medea, que no sólo mata a su hermano, también a un rey y a una princesa, asesina a los niños que tuvo con Jasón en venganza por haberse casado éste con la princesa. Jasón se mata también. ¡Cuánta desgracia alrededor de Medea! Y el miedo ensombrece sin embargo su rostro, Medea no es una mujer valiente, eso lo sabe Delacroix.

En esas elucubraciones me encuentro cuando la sala se llena de visitantes, el tiempo ha pasado sin que me diera cuenta y el museo acaba de abrir, un rayo de sol entra por uno de los ventanales. Frente a esta obra de Delacroix pocas personas se detienen, otros cuadros del mismo pintor son más célebres y ésta es una obra que en apariencia la gente evita; pese a la belleza y lo acertado de su composición plástica, es una obra que enerva, que altera. La gente pasa de largo, mirándola de reojo, y ni siquiera se detienen a confirmar si el autor es realmente Delacroix acercándose a la firma real.

Una muchacha se aproxima, despliega una carpeta y un pequeño caballete y se pone a esbozar una copia a escala de la hoja. Doy una vuelta y alcanzo a divisar que ha iniciado el dibujo por la boca de Medea hacia los senos, sólo ha pintado el brazo izquierdo, que sostiene al niño, y luego de un salto ha dejado un espacio vacío en medio y entonces se dedica a delinear los pies.

—Resulta rara la manera en la que decidió acometer la copia de esa pintura —tengo el atrevimiento de susurrarle.

—Ah, bueno, sí, aunque para mí no lo es. No soy pintora, ni estudiante de pintura, aspiro a ser escritora.

—¿Novelista?

—Periodista.

—Claro, periodista. Periodista es para usted ser escritora.

—Ya sé, no es lo mismo —responde incómoda—, pero siempre que digo que quiero ser escritora, no me toman en serio. Periodista suena como algo más comprometido, resulta más serio a modo de presentación.

Los tiempos han cambiado atrozmente, me digo. Antes resultaba más prestigioso presentarse como escritor, ahora el periodismo inspira más confianza, nada es lo que parece, sin embargo.

—Soy escritora. Por momentos hice periodismo, y lo sigo haciendo, aunque más esporádicamente. Pero ser escritor es muy diferente —sostengo con un aire de responsabilidad absoluta y de conocimiento de la materia.

—¿Ve? No quisiera tener que comportarme como usted lo acaba de hacer, jamás me gustaría tener que abochornarme y fingir que no, y hacer por el contrario como si estuviera por encima de todos.

Seguía dibujando sin mirarme, es una chica realmente arisca, presuntuosa. Es hermosa, ojos carmelitas, color café, pelo castaño rojizo, piel muy blanca, boca pequeña, nariz respingada. Lleva el pelo muy largo y suelto, va vestida de largo, con un vestido ligero, y sandalias de cuero, las uñas de los pies arregladas y pintadas.

Sin embargo, no me agrada su voz, autoritaria y excesivamente resoluta. Todo lo sabe, pareciera que dijera con su actitud.

—Mis sentimientos nada tienen que ver con los sentimientos que ha descrito de un escritor. No siento bochorno, ni pretendo situarme por encima de nadie. Soy un ser normal, como los demás.

—Como los demás muertos, querrá decir —añade y es la primera vez que sus ojos se clavan en los míos.

—¿De qué muertos me habla usted?

—De los que la rodean. No crea que no sé todo, estoy al tanto de que es usted la única persona viva, con el guardián, por supuesto, que merodea por estos salones en horas en que nadie lo hace, y que conversa con los muertos como si fuera uno de ellos; los demás son fantasmas evocados por pintores, o fantasmas sencillamente, y figuras de leyendas antiguas, viejos mitos... Como lo es esta pobre Medea. Usted ha querido introducirse en un mundo al que todavía no pertenece, y ellos se lo han permitido a medias...

—Mire, señorita, no sé de qué me habla —me hice la boba.

—Usted sí sabe bien de lo que le hablo. Hace tiempo la vengo cazando: habla usted con los cuadros, le susurra a las telas, gesticula ante lo invisible, y a la hora en que todos abandonamos el museo, usted siempre encuentra la astucia de esconderse detrás de algún cortinaje, debajo de un banco, incluso dentro de un sarcófago. Jamás ha salido del museo, en años; dígame, por curiosidad, ¿cómo se alimenta?

—Tonterías suyas, vengo a diario, me alimento en la cafetería, en mi casa, como cualquier ser humano. Llego la primera y me despido la última —intento hacerle razonar.

Se ríe irónica mientras repasa un trazo de modo tan fuerte que la punta del lápiz se parte y no puede evitar el garabato.

—¡Vaya, vaya, qué torpeza! Me ha echado usted a perder el dibujo.

—Dibujo curioso, por cierto. Y no hice más que decir algo que con toda evidencia la ha perturbado. Explíqueme ese dibujo, esa selección tan especial de las partes del cuadro...

—Ya le dije que no soy pintora. Pinto lo que me interesa como escritora: la boca, los senos, el brazo, el pie de Medea, para mí toda la emoción de esa obra está ahí, y en el cuerpo de ese niño que se agita indomable.

—No lo hace usted mal, ¿cuál es su nombre, si me lo permite?

—Emma Velléda Dobigny, encantada. —Me tiende su mano, delicada y gélida.

Y es entonces, al contacto de su mano, cuando entiendo por qué esta joven cree conocerme y las razones por las que se desenvuelve tan bien con los secretos de mi vida imaginaria: Emma Dobigny se llamaba la modelo del pintor Jean-Baptiste-Camille Corot, y Velléda un personaje de uno de sus cuadros.

—¿Es usted real?

—No lo sé, ni intento saberlo, es la mejor manera de asumir mi existencia. —Es una respuesta inteligente, provocadora, aunque inexacta.

—Usted sí ambiciona saber quién es, y dentro de un rato le diré por qué...

La joven cerró los párpados, sintiéndose descubierta abandonó la pintura, el cuaderno cayó al suelo, así como el lápiz, sus piernas se aflojaron.

—¿Sabe lo que me atrae de Medea? —preguntó con los labios pálidos y secos, y no esperó a que yo le contestara—. Ella sabe quién es, ella está consciente de por qué está ahí, ella misma es el origen de su furia, todo lo sabe sobre sí misma...

—Y usted lo ignora todo sobre usted misma —me atreví a interrumpirla—, y ni siquiera es una visitante, es una presencia más de este museo, un personaje de un cuadro.

Asintió, recogió sus enseres, los ordenó dentro de una bolsa de suave piel de cordero.

—Si al menos tuviera esa furia de Medea, si al menos estuviese... —musitó acongojada.

—... ¿Viva?

Pareció no oírme.

—Si al menos la gente supiera quién soy, y si yo misma supiera quién soy, pero nadie sabe nada de mí, ni siquiera yo. Dudo que Corot supiera sobre mí, creo que para él fui sólo una revelación, un tema espiritual.

—¿Le parece poco?

Tomo sus manos, demasiado rígidas ahora, y la acompaño hasta donde debe estar ella, en ese cuadro tan enigmático titulado *Velléda*, pintado entre 1868 y 1870, donde una extraña doncella en medio de un bosquecillo apunta con el dedo dentro de un libro abierto, y el otro brazo se lo lleva al vientre.

Antes de dejar a Medea, siempre colérica, acaricio los cuerpos de los niños, y con ese simple gesto los libero momentáneamente de la tragedia inevitable. Durante toda la mañana corretean por los salones del museo, y como en una película de Melina Mercouri, *Nunca en domingo*, preferiría que al final del cuento Medea decidiera irse con los niños a la playa.

Antes de que la joven aspirante a escritora entre en su brumoso paisaje, y quede quieta señalando con el índice una página cualquiera imagino esta historia que pudiera ser real o inventada por mí:

—Velléda es un personaje literario, salido directamente de las páginas de Chateaubriand, una heroína que fue una druida que vivía en el bosque... Y Emma Dobigny fue su modelo preferida. O sea que usted sí tiene una historia interesante, y su melancolía no es menos afortunada que la furia de Medea, su sello. Puedo asegurárselo. Pero dígame, de dónde conoce usted el término «periodista», si usted no es una persona, como diríamos..., real.

Velléda sonrió tímida, y por primera vez su mirada se iluminó.

—Oh, en una ocasión escuché hablar a una visitante del museo. Era una chica joven, iba con unas amigas, se detuvieron delante de mí. Y ella dijo que le gustaría ser como yo... Entonces estuvieron conversando frente a mí, incluso de sus vidas. Y ella dijo que estudiaría periodismo, porque en realidad soñaba con ser escritora, y que lo conseguiría a través del periodismo, porque sus padres no permitirían que ella fuese «solamente» escritora. Y entonces, esa historia me fascinó y me la apropié.

—¿Ha sabido algo de esa joven?

—Han pasado muchos años desde entonces, seguramente consiguió lo que quería. Su rostro me decía que lo conseguiría.

Advertí una extraña nostalgia en sus palabras. Había conocido a seres humanos apropiarse de la personalidad de una figura en una obra, pero jamás a la inversa, nunca que un personaje entrara en la piel de una visitante con tan desmesurada intensidad.

Entonces me confesó que menos mal que no había ocurrido una historia igual con la furiosa Medea, imaginen por un momento que quisiera robar la personalidad de cualquier madre que visitara el museo con sus pequeños, no sólo no podríamos librarnos de la tragedia, del horror de la misma; ¡cuántas obras deberíamos evitar si por ahí sucediera algo más que una travesura!

Alucinaciones causadas
por una perla

La serenidad discurre de su cara a sus manos cruzadas en el regazo; la mujer con la perla en la frente (durante muchos años se pensó que era una perla, y es una pequeña hoja que se ha desatado de la corona que ciñe su pelo), ensimismada en no sabemos qué pensamientos, posee una fuerza enigmática, aunque intriga la despersonalización de su mirada, como si estuviera navegando por un sueño que no le pertenece a Jean-Baptiste-Camille Corot, como si perteneciera a la aventura onírica de otro pintor, de un Leonardo da Vinci, de ahí su parecido con *La Gioconda,* que el mismo Corot jamás negó, o la otra inspiración *rafaeliana* que naturalmente se le adjudicó después de conocerse su pasión por los maestros italianos. La modelo, Berthe Goldschmidt, fue vestida con ese traje romano que el pintor trajo de Italia. Corot regresó de su estancia en ese país con un baúl repleto de vestidos italianos para sus modelos, que fueron numerosas, y las que robaba o pedía prestadas a sus amigos pintores, como pedía prestados temas, o se apropiaba de las ideas de Fragonard, aunque sólo fuera para recrear un paisaje distante detrás de una figura en primer plano

Berthe lleva una hoja en la frente, casi a modo de *bindi* o lunar indio, aunque más a la altura de la raíz del pelo; durante años se confundió con una perla, es la razón por la que el retrato llevó el nombre de *Mujer con una perla*, y la fecha de su realización oscila entre 1868 y 1870. La hoja o la perla, qué más da, si para todos es una perla, o la alucinación de la misma, pesa demasiado sobre la postura tan singular de esta dama. Berthe no se siente cómoda con el pintor, no con la obra, para ella el pintor no es Corot, sino que toda la visión y asimilación de la pintura italiana han transformado a Corot en otro, ese otro *rimbaudiano:* «Yo soy otro», de Arthur Rimbaud.

En numerosas ocasiones me he topado con Berthe, volvía a su pintura luego de haber charlado un rato con Velléda, o con Haydée. Esta última corresponde a otra creación de Corot, cuyo cuadro se titula *Haydée, joven con vestido griego* (1870-1872), y es cierto que la muchacha, bastante relajada, que sostiene un instrumento de cuerda, lleva una túnica griega, un chal la abriga hasta los pies, y pareciera que ha interrumpido la música porque ha oído un ruidillo detrás de un promontorio, y hay quienes sospechan que con la mirada sigue la trayectoria de una embarcación lejana. Yo creo que espera a alguien, a un enamorado que va en esa misma embarcación, y que ella sabe que de un momento a otro se echará al agua en un bote, o nadará hasta la orilla, e irá a su encuentro

Haydée, pudo haber salido del *Don Juan* de Byron, como se ha escrito en otras ocasiones, podría ser una de las mujeres que aman al conde de Montecristo en la novela de Alexandre Dumas, o quizá podría ser la heroína de la ópera de Auber, *Haydée o el secreto.* Haydée y Berthe son dos secretos, dos bellísimos y rebuscados enigmas femeninos. Mientras escribo esto recuerdo una graciosa anécdota de la historia de la edición en Cuba, durante su primera etapa castrista: Resulta que los libros se hacían a grandes tiradas, había que sobrecumplir la meta de la zafra azucarera, pero también la meta de las ediciones, y de todo lo que se hiciera en el país, había que ser, en una palabra «sobrecumplidores» de cualquier batalla, porque todo era una «batalla» a ganar o una tarea a sobrecumplir. Pero de tanto que sobrecumplieron las metas, descuidaron la calidad, entonces se publicaban, digamos, treinta mil ejemplares de un libro de golpe, pero lleno de erratas imposibles, a veces las páginas aclaratorias de las erratas sueltas e insertadas a última hora dentro del libro eran más numerosas que las que tenía el libro mismo; como respuesta inmediata, el Instituto del Libro declaró una batalla «contingente y emergente» en contra de las erratas, ¡ningún libro podía salir con erratas! Recuerdo una tarde en la que entré en la librería de la calle Obispo, por aquella época me había dado por leer libros de aventuras y libros de medicina. Yo tendría unos quince años, y había empezado desde muy niña mis lecturas por libros de y para adultos; en verdad leí pocos libros para niños. Vi que habían reeditado *La dama de las camelias* y me dirigí al estante a tomar un ejemplar, enseguida advertí que había una errata nefasta en el título: *La dama de los camellos* y en el nombre del autor otras dos aún más horrendas: Alejando Dunas; pero ahí no paraba la gafe, en un cintillo o banda que envolvía el libro, el editor estatal anunciaba que: «Esta edición no contiene ninguna *errota*». ¡El colmo! Si hubiera sido contrarrevolución no les habría quedado tan divino.

Prosigamos con Corot, y con sus musas, y con esos colores verdosos, terracotas, profundamente sombríos, pobremente iluminados desde su espesor mismo.

De todas esas musas de Corot mi preferida es la que da la espalda al público sentada frente a un óleo colocado en un atril de pintura. El óleo posee idéntica claridad que los hombros descubiertos de la muchacha que observa atentamente el esbozado paisaje sin terminar. El vestido es pesado, se adivina que debajo lleva puestas unas cuantas paraderas, con una mano toca una punta de la obra y el brazo derecho lo deja caer sobre la falda, pero no suelta su instrumento de cuerda, un laúd, una guitarra un poco extraña; no recuerdo bien. Su pelo recogido, amarrado con una cinta roja a la que le ha sido cosida una tiara de rosas diminutas, es de un color castaño caoba. Estamos ante *El taller de Corot*, una obra de alrededor de 1873.

Ella se gira y sonríe, es la primera vez que hace este gesto, nunca antes había tenido esta atención conmigo. Entonces me dice:

—Me gustaría mucho conocer a Gina.

—¿Gina? —pregunto—. ¿Qué Gina?

—La pintora Gina Pellón. He oído de su pintura, y sé que sus mujeres son extraordinarias.

—Usted sabe, señorita, que estoy atrapada en el tiempo del museo, que desde hace años no consigo salir de estas salas. Me costará mucho trabajo traerle a Gina Pellón, aun cuando se trata de una amiga. El primer cuadro que vi de ella fue en Nueva York, en una galería de Soho, yo iba con mi hermano, el galerista y curador Gustavo Valdés.

Ella hace un mohín gracioso, los ojos profundamente tibios, de ellos emana una ternura que me recuerda el contacto de la miel en el paladar.

—Gina Pellón está ahora mismo en el Louvre, la presentí hace un instante, ¡búsquela, por favor!

No puedo negarme, ya sé, es una tarea insólita la que me encomienda la joven ante el atril de Corot, pero no puedo renunciar a la petición de un personaje de este pintor.

Me paseo entre los visitantes, indago en sus rostros, busco a una señora mayor y vivaracha, de baja estatura, pero de una fuerza descomunal en sus manos, en su espíritu. Nació en Cuba, vive en París desde los años sesenta, es considerada una de las más grandes pintoras cubanas, perteneció al grupo Cobra. Pinta mujeres, pájaros, caballos, escribe poesía. Entonces se me aproxima una mujer vestida de época, con vestido azul y miriñaque, un abanico en la mano, la cabeza es una corona de rizos, la tez nacarada, los brazos, de igual tonalidad, al descubierto. Es *La dama en azul* (1874), de Corot también, una fiel amiga del pintor. Y mientras acaricia su mentón con la otra mano me rodea y susurra:

—He dejado en mi cuadro a la persona que usted busca, ella me reemplaza por unos minutos. Tengo cita con un caballero.

—¿Me habla de Gina Pellón? ¡No me diga que la cita suya es con el caballero Corot! ¡Sería el colmo!

Asiente y me dice que si no la creo que vaya yo misma a comprobarlo con mis propios ojos. Ella se recoge el vestido traviesa, y corre por el salón hacia su encuentro secreto.

Dentro de la obra de *La dama en azul* se halla una mujer muy joven, con un atuendo similar al del original, pero se trata de una mujer de unos veintitantos años que cuando me mira tiene los más bellos ojos dorados que yo jamás haya visto.

—¿Es usted Gina Pellón? —me lanzo sin preámbulo alguno.

—Soy yo, la misma. Debí rejuvenecerme para convertirme en una modelo de Corot...

—Venga, no tenemos demasiado tiempo, necesito llevarla al taller de Corot, otra modelo del pintor aguarda allí por usted, supongo que la reclama porque tendrá algunos secretos que contarle.

Gina baja cuidadosamente del cuadro, teme que el vestido se le enrede entre las piernas. Acudimos a donde nos espera la joven frente al atril.

Y entre ellas se inicia una conversación privada. Encima de una bandeja brilla una perla, ¿o se trata de una pequeña hoja temblorosa cuyos destellos hipnotizan? Yo me eclipso, casi levitando, hacia las colecciones italianas.

Una pasión italiana

Del fondo negro de un óleo brillante surge la cabeza hierática de Sigismondo Pandolfo Malatesta, pintado por Piero della Francesca, en Toscana, alrededor de 1450-1451, quien antes había realizado un retrato del duque de Orsini, en Bomarzo. Lleva un corte de pelo redondeado desde el cuello hasta la frente, los cabellos pegados al cráneo aparentan un casco de cobre. La figura se encuentra de perfil, las cejas finas, el ojo fijo y la mirada fría, distraída en el vacío, una curva honda entre la nariz y la frente agudiza la grandeza del caballero. Los hombres se rompían el hueso de la nariz para poder mirar mejor a su contrincante en las batallas con ambos ojos. El filo de la nariz parece que se derrite y cuelga hacia la boca. Labios finos, mentón perfecto, cuello ancho y bastante largo, que termina dentro de una pesada vestidura brocada.

Sigismondo Pandolfo Malatesta, señor de Rímini, fue un eminente mecenas, poeta y humanista. Fue un ferviente renacentista, e hizo de la ciudad de Rímini uno de los enclaves del Renacimiento italiano. A su corte atrajo a los artistas más sabios e innovadores de la época. Mantuvo una amistad con Piero della Francesca, a quien encargó un descomunal fresco votivo representándolo arrodillado de perfil frente a su santo patrón, san Segismundo, que se encuentra en el Templo Malatestiano en Rímini. Es muy posible que este retrato haya servido de boceto, modelo e inspiración para la magna obra. El medallón del Louvre, en cualquier caso, presenta a un hombre pensativo, con el gesto antiguo, con un halo irreal.

—No sabe usted, estimada señora, cuánto he pensado en el señor Malatesta. —Tengo a mi lado al joven pintado por Botticelli, siempre me habla con los labios pegados a mi oreja, no puedo evitar el sobresalto—. Perdone, ¿la asusté?

—Siempre me asusta usted, entra como un fantasma, y me habla sin prevenirme, ni siquiera un saludo, nada de nada... —Aunque me quejo de su falta de maneras, sonrío delicadamente; es un retrato que aprecio, como toda la obra de Botticelli.

Se trata del *Retrato de un hombre joven*, realizado a finales del siglo XV, en Florencia. Su pelo rojizo abundante debajo de la cofia negra de lana, vestido todo de negro, con el borde blanco de la camisa que asoma a la altura del cuello. ¿Se trata de un representante católico? No lo tengo claro, y jamás me he atrevido a preguntarle. Sus rasgos son tan soberbios..., aunque mira de reojo sus pupilas hilvanan un secreto, una cierta desconfianza las impregna de tintes oscuros, el gesto de la boca, los labios con las comisuras caídas ensombrecen aún más su rostro, el mentón prominente y con un hoyuelo en el centro le da un semblante aún más endurecido.

—Alessandro, deberías suavizarte un poco. Llevo años aconsejándotelo. —Le llamo Alessandro, por el nombre de su autor, su padre, diríamos, Alessandro Filipepi, llamado Botticelli.

—No puedo, señora. No consigo ser otro.

Malatesta se vuelve hacia nosotros, de frente resulta otra persona, incluso más simpática, menos retraído.

—¿Por qué dice, joven Alessandro, que ha pensado en mí?

—Las vírgenes de Botticelli necesitan ser retocadas, y usted es el único que puede asumir económicamente semejante trabajo. —Alessandro no mueve un músculo de su rostro.

—Son otros tiempos. Y nadie querrá que las vírgenes sean retocadas, quieren apreciarlas tal como las pintó el maestro.

—No estoy tan seguro —respondió algo abochornado el joven.

Me aparté de ellos.

La novelista, reflexiva, se aleja de estos personajes; discuten invariablemente de dinero, la eterna discusión entre el artista y el mecenas. La novelista rehúye estas discusiones, no me son gratas, lo siento; aunque como ellos necesito del dinero, aunque igual que los demás artistas me entra terror de ser pobre, de morir en la pobreza más absoluta. Los observo desde lejos, gesticulan sobriamente desde hace tantos siglos y jamás han cambiado. Malatesta es generoso, y el hombre joven se vuelve desesperante con sus exigencias, un poco exageradas.

El salón se halla repleto de visitantes, es de noche y el museo hoy ha abierto gratis, no sólo para los estudiantes, para todo el mundo. Perdida entre la multitud agolpada delante de las obras maestras evoco momentos de asombro de amigos lejanos frente a esas mismas obras. Entonces reparo en el rostro de un hombre de unos treinta años, de una tez casi transparente aunque teñida de un sol suave. Contempla el *San Sebastián* de Andrea Mantegna (Venecia, hacia 1840), adquirido en 1910 por el Museo del Louvre. El hombre observa la figura traspasada de flechas y de sus pupilas doradas ruedan las lágrimas.

—¡Alexander, Alexander!

Otro hombre de más o menos la misma edad lo reclama, pero como el otro ni siquiera se vuelve; el hombre se ve en la obligación de tomarlo por el brazo, pero éste se niega a seguirlo y continúa llorando delante del *San Sebastián*.

Con los años que llevo viviendo dentro del museo ningún espectáculo similar me es ajeno; he asistido a tantas lágrimas derramadas de emoción frente a una obra que de alguna manera lo considero un espectáculo corriente, igual que ya no me sorprenden los desmayos de aquellos que sufren el síndrome de Stendhal, o sea, los que sumamente impresionados ante una obra de arte, no pueden soportar la belleza de la misma, y se desvanecen ante ella, es lo común. Lo extraño en el Museo del Louvre es asistir a la indiferencia. Nadie llega a este sitio indiferente, nadie se va con el pecho seco.

Observándolo bien, este otro Alexander se parece un poco a san Sebastián, aunque su rostro es mucho más hermoso, pero la caída de la melena es la misma, los mismos rizos. Y si estuviera desnudo, podríamos apreciar en Alexander la misma complexión física del mártir.

—¿Por qué llora? —le pregunto sin pensarlo demasiado.

—En una ocasión serví de modelo a un pintor, e hizo de mí un san Sebastián perfecto. Me asustó usted.

Acepté el reproche.

—Se me ha pegado de un amigo, esto de susurrar a los demás sin siquiera avisarles con un saludo, o con una presentación. Soy novelista, decir que frecuento este museo desde hace años es poco, a diario me encuentro en él, y me intriga la reacción de los visitantes frente a los cuadros. —Mentí, pero era una manera de abreviar.

—Figúrese que yo era muy joven, apenas conocía nada de san Sebastián. Me ataron a una columna antigua, como a él. Ni siquiera sabía que la columna evocaba la victoria del cristianismo sobre el paganismo. El pintor me dijo que yo poseía la belleza y la anatomía de su héroe. Pidió que me desnudara y lo obedecí, de él emanaba una seducción incomparable.

—Los pintores suelen ser muy hechiceros. —Al momento me arrepentí de esa frase—. Prosiga, le ruego.

—Recuerdo que murmuró un nombre: Donatello. Y enseguida añadió: Mantegna le debe todo a Donatello. Le pregunté a qué se refería. Y me habló del pintor Andrea Mantegna, diciéndome que haría una versión de este cuadro, y que habría dado su vida por verlo tal como lo estamos viendo nosotros; y que Donatello, el escultor florentino, había influenciado enormemente a este pintor. Me habló de la fealdad y de la crueldad de los verdugos, al pie del santo, pero que prescindiría de ellos, aun cuando su presencia aportaba monumentalidad a la obra...

—¿No le mencionó a otro pintor, a Squarcione? En verdad, Mantegna sentía pasión por él, fue su maestro. Le gustaba todo lo antiguo, y en esta obra no cesa de reproducir fragmentos de estatuas, capiteles, vestigios de la antigüedad.

—No, nunca citó ese nombre —no lo había retenido—, sin embargo, me dijo que las flechas cosían el cuerpo del hombre, me describió el cuadro como si lo hubiera visto. Entonces amarró mis pies, buscó unas flechas, y me las clavó, de un lado a otro del muslo, en las piernas, en el torso. La sangre rodó por mi piel, y él la limpiaba con su lengua...

—Los pies son muy importantes en este cuadro, fíjese en el pie de piedra, esculpido en el mármol, a mi juicio ahí está el centro de la tela, y su verdadero sentido, porque el pintor quiso avisar de que su obra provenía de muy lejos, de toda una cultura acumulada, y... —Me di cuenta que no había reparado en la emoción de las palabras del visitante, ni en su adolorido recuerdo.

—El pintor y yo entablamos una amistad honda. Nos hicimos amantes. Un día tuvimos una discusión muy violenta y me fui de la casa por unos días. A mi regreso había desaparecido. Nunca más lo vi.

—Se libró usted de la tortura. —Aproveché para aparentar que me sensibilizaba con su narración.

—No fue una tortura, fue una experiencia única. Jamás he conseguido amar a nadie como amé a ese hombre.

—Por lo que veo no anda usted solo. —Reparé en el otro hombre que volvía a reclamarlo por señas.

—Sí, soy injusto. Pero la vida es una sola, no se reviven ciertos accidentes. Y algunas heridas, aunque cicatricen, duelen, el dolor en este caso es placer.

Alexander se despidió más relajado, hablar conmigo lo había aliviado con toda evidencia. Se perdió con su amigo.

San Sebastián bajó los párpados hacia mí, y musitó:

—Las cosas que hay que oír, querida amiga. —Y puso los ojos en blanco.

La novelista abandona el lugar y apresurada intenta reencontrar a Alexander con su pareja; en vano, hay demasiado tumulto, y se halla cansada.

Al rato, vaga, sin rumbo, entre cuerpos ajenos, sudores, y empieza a temer que el museo se pierda en una marea humana. Por fin encuentra a dos hombres, uno de ellos se parece al pintor cubano Ramón Unzueta, lleva una flauta entre los labios, y va completamente desnudo, sus piernas y los pies están salpicados de un barro fino y color siena. Junto a él camina un muchacho muy apuesto, igual al Apolo del cuadro de Pietro di Cristoforo Vannuci, llamado *El Perugino*. Enseguida me percato de que ambos acaban de escaparse del cuadro *Apolo y Marsias*, y que Apolo posee un cierto parecido con el Alexander que acabo de conocer, y el flautista es idéntico a Unzueta.

La cabellera rojiza de Apolo, recogida sólo a nivel de las sienes, ondea gracias a una brisa que se cuela por un pasadizo entreabierto, un descuido de uno de los guardias que más tarde pagará caro; el cuerpo afeminado de jovenzuelo se apoya en el arco. Debajo del otro brazo abraza la lira, y el carcaj cuelga de su espalda con una cinta de cuero. Aves serenas revolotean encima de su cabeza, lo que lo designa fácilmente como el sagrado Apolo. Aunque escucha atento al flautista, no parece entretenerse con la música proveniente de los leves soplidos de los labios del joven Marsias, su aire es más bien ausente, distraído en la espera, y reserva una postura de dios que produce escalofríos.

—¿Por qué insistes en negar que eres Dafnis, hijo de Hermes y de una ninfa? ¿Por qué te empeñas en parecer un sátiro, en llamarte Marsias? —La voz de Apolo se diluye en la melodía.

El músico no responde, continúa tocando suavemente.

—Su maestro fue Pan. Y él no tiene tipo de sátiro, para nada —me atrevo a pronunciar.

Apolo no me mira. Marsias levanta los ojos lentamente y esboza una mínima sonrisa.

Detrás percibo un lago, y un pueblo pequeño en un valle; de la tierra color púrpura sube un humus penetrante.

Apolo descansa el peso de su cuerpo en la otra cadera. El vaivén del movimiento lo afemina todavía más, su anatomía es pura, más de lo que yo imaginaba. La luz amplía la sensación del espacio, el paisaje campestre se entreteje con el mármol y las columnas del recinto, y los cuerpos son realzados por una difuminación fantasmagórica y serena, reina el equilibrio, y advierto un estado de perpetuidad muy interior. Como si yo también perteneciera a la obra, como si me hubiese transformado en una de esas aves, o en el delgado árbol o quizá fuese uno de esos personajes que observa a gran distancia, desde el puentecito que une el castillo con el otro lado del lago.

Se hizo de madrugada. Las salas están desiertas. Delante del cuadro, un pintor que ha hecho un viaje muy largo contempla a su modelo; también llora, como lloró el modelo hace unas horas. Pronuncia en un quejido el nombre de Alexander, en varias ocasiones. Y adivino que lo que más desearía es lamer las heridas del cuerpo del san Sebastián en el lienzo.

Apolo y Marsias lo rodean, entonces lo conducen hacia otra obra. Esa en la que dejaron al verdadero Alexander y a su amigo, el pintor Ramón Unzueta, protagonizándolos a ellos.

El viejo pintor no podía imaginar que hallaría a su modelo en la piel de Apolo, muchísimos años más tarde, tan bello como de costumbre, e igual de atrevido. Aunque perturbado ante su aire sereno y distante, el viejo pintor se arrodilla a sus pies, besa sus dedos, y le pide perdón por las antiguas heridas.

Un misterio excepcional

La luz deviene colosal, como las sonrisas de la Virgen, de san Juan Bautista, de la Gioconda. La luz irradia expectación, y en derredor mío una calidez densa se instala. Diré poco de lo que todavía me provoca la sensación de observar un cuadro de Leonardo da Vinci, diré poco, porque no existe cantidad exacta que sirva para medir las emociones frente a una de sus obras.

Leonardo da Vinci, el maestro, se formó, quién lo ignora a estas alturas, en el taller de Verrocchio. En 1482 entra a servir al duque de Milán, Ludovico Sforza. Para él, o bajo su encargo, pinta Leonardo da Vinci en 1483, *La Virgen de las rocas*, destinada a la capilla de la Cofradía de la Concepción en la iglesia de San Francesco Grande, pero el artista decide irse de Milán y él mismo juzga la obra inacabada. El rostro de la Virgen, una vez más, surge de las sombras; detrás, las piedras se enlazan entre ellas formando un castillo de rocas; el cuerpo de la Virgen, vestido desde muy arriba del pecho hacia abajo, desaparece en la oscuridad, no percibimos los contornos. Sin embargo, la mano abierta parece que quisiera tocar la mano del espectador, como pidiendo calma, en un gesto fundador, con la otra mano abraza a un niño, exageradamente maduro en su posición de orante, el otro niño bendice en silencio, es apenas un rollizo bebé, y sus facciones resultan bastante duras. La otra figura, envuelta en una capa roja y con vestimentas azules, señala a la madona.

Escribo en mi cuaderno palabras imprecisas, nunca he entendido con exactitud esta obra de Da Vinci, o tal vez es de las que más alejada me he encontrado. Pero la composición me atrae debido a lo enigmático de las figuras, a esa madurez latente y perturbadora en los infantes, a la imprecisión del cuerpo de la Virgen, perdida entre la negrura de las rocas, y esa figura que pareciera hombre, mujer, o ángel.

Aunque comparto poco la explicación de los especialistas, no debo prescindir de ella, y me intrigan todos los puntos de vista, incluso aquellos que me perfilan a Leonardo como un ser voluble, intenso, fundador de una nueva Iglesia, amante de los adolescentes, extremadamente enigmático. Leonardo era un sabio, no se puede imaginar a los sabios. Los sabios no pueden describirse a través del tiempo, su misterio sólo debería entreverse a través de sus obras.

Esta tarde, mientras intentaba evocar la letra de una canción, se me apareció *Retrato de una dama desconocida* (*La Belle Ferronnière*), no digo que fuese ella exactamente, pero su parecido era bastante preciso. Sólo que su frente no lucía fina diadema, no, el vestido bordado con pesados entredós no ceñía su cuerpo. Iba peinada igual, la raya en medio, el pelo alisado tapaba sus orejas. Los libros sobresalían de la mochila que cargaba a sus espaldas, y sus piernas largas enfundadas en un vaquero daban zancadas de un lado a otro del salón donde se encuentra *Santa Ana con la Virgen y el Niño*. Se notaba que esperaba a alguien, y ese alguien no sólo no llegaba, probablemente no vendría nunca. Estuvo a punto de encender un cigarrillo, pero le hice señas para que guardara la cajetilla; además hizo un par de llamadas desde su móvil, y una de las guardianas del museo le llamó la atención. De buenas a primeras, quedó varada en medio del salón, como si no supiera adónde dirigirse, como perdida muy dentro de sí misma.

Dispuesta a tranquilizarla, me aproximé a ella, los seres inquietos dentro del museo me dan pavor, y ya en el pasado asistí a varios ataques de locura, en los que si no llegaba alguien a tiempo habríamos perdido auténticos tesoros. En una ocasión, un joven, encontrándose demasiado parecido a la cabeza sangrante de Juan Bautista que sostiene Salomé en la mano encima de una bandeja, por poco se degüella delante de todos, pero antes quiso acuchillar el cuadro de Bernardino Luini. Por suerte, entre un grupo de visitantes y la seguridad del museo consiguieron inmovilizarlo y sacarlo a toda prisa hacia un hospital, el Sainte-Anne, precisamente. Después le tocó el turno a una joven que, situada a muy corta distancia de los lienzos, les hablaba, y su aliento empañaba el brillo de los óleos, humedeciéndolos y poniendo en peligro la tela, a ésa la sacaron del museo, con una camisa de fuerza, no recuerdo si para el mismo hospital. Meses más tarde, le tocó el turno a una pareja que discutía, ella había tenido celos de la manera lasciva con la que su marido apreciaba los desnudos; de buenas a primeras empezó a darle carterazos al pobre hombre, para enseguida emprenderla contra las obras; por suerte, su propio esposo se lo impidió. En fin, que los museos desatan catarsis, estados de enajenación impensables, arranques de furia o de fervor incalculables.

La muchacha, a la que yo confundía con *Retrato de una dama desconocida* de Leonardo, esa que lleva una joya de hierro forjado en fino cordel a modo de diadema en la frente, ya que se suponía que pertenecía a una familia de herreros célebres en época de Leonardo, se volvió hacia mí inexpresivamente y me preguntó la hora.

—No vendrá, ya no vendrá. —Su boca hizo un puchero.

—No llore, se habrá retrasado, ya sabe, es hora punta, la gente invade el metro a esta hora... —quise consolarla.

—No vendrá, se ha vuelto a su casa, con su mujer, con sus hijos...

—Ah, está casado —me atreví a comentar.

—Claro que está casado —empezó a lloriquear.

Entonces la tomé por los hombros y la enfrenté a su doble, el retrato de Leonardo da Vinci de una joven que no se toma nada en serio, y que desde hace siglos está ahí, mirando desde su grandeza pasar a los enamorados.

—¿Ves, te reconoces? Eres tan joven y hermosa como ella, encontrarás a otro, no lo dudes. —Pensé que tengo la mala maña de meterme en líos que no me corresponden; debería sentarme en un rincón a escribir, callada, y nada más.

—No te entiendo, no sé quién eres, déjame tranquila... —Corrió hacia la salida.

Creo que se asustó al verse delante de un retrato que se le parecía tanto, y salió huyendo de su propio rostro por temor a que la abandonara el deseo. ¡Ah, las damas y el deseo! Incorregibles.

En la carrera perdió una pequeña bolsita que se le cayó de la chaqueta. Por mucho que intenté devolvérsela, jamás regresó a mí, y no pude alcanzarla. Dentro había tres piedras color miel, un camafeo, dentro del camafeo el retrato de un hombre bastante anodino, y en la cajita de plata, un nombre grabado: Léonard. Coincidencias que sólo el destino puede maniobrar.

Regreso al misterio. Mis pasos deambulan e invariablemente vuelven a las sonrisas de María y de santa Ana. Los pronunciamientos de los labios que hemos apreciado en la Gioconda. Santa Ana situada detrás de María y de Jesús guarda un parecido majestuoso con la Gioconda, y observa la escena de la madre y del Niño con una satisfacción demasiado semejante a la del célebre retrato de Leonardo da Vinci. Desde su posición sujeta el cuerpo de María, ¿o es el doble de María, su espíritu que reviste el cuerpo de la santa? María está sentada encima de los muslos de la que representa el cuerpo de la Iglesia, y se inclina hacia Jesús impidiéndole que degüelle al carnero, anunciando de este modo la pasión y el sacrificio de Cristo. Me conmueve esta obra, la filiación divina entre ambas figuras femeninas, tan dependientes del drama interpretado como símbolo de la esperanza, aunque visto con pasividad en medio de un vasto paisaje y de una extraña atmósfera que hace una insinuación medida a partir de los trazos de la Mona Lisa. *Santa Ana con la Virgen y el Niño* fue una obra elaborada en 1501 y 1513, y se considera inacabada. El pintor cubano Jorge Camacho ha escrito unos de los ensayos más hermosos que pueda interpretar una obra, audaz, poéticamente, y desde la perspectiva del deseo de un artista, se titula: *El erotismo profanatorio de la Santa Ana de Leonardo*, en Ediciones PTYX, 2008, 100 páginas con reproducciones de la obra. ¡Ah, deseosa y deseada santa Ana! «Deseoso es aquel que se aleja de su madre», ¿no decía el primer verso de José Lezama Lima en «Llamado del Deseoso»?

Recostada en los bajos del cuadro observo la amplitud de la sala, a mi alrededor sólo sombras, estelas de fantasmas que se mueven lentos. Ha sido un rudo domingo, numerosos visitantes acudieron a estas salas impregnándolas de sus olores, personas cuyas historias podrían ser pintadas y llenar las paredes de varios museos del tamaño del Louvre. ¿Dónde está el Leonardo da Vinci de nuestra época? Estoy tan cansada de esperar al maestro. El maestro ya no vendrá. Y si no viene, yo me quedaré atrapada en estas salas por el resto de mis días.

¿Hacia dónde señala el dedo de san Juan Bautista, pintado por Leonardo entre 1513 y 1516, casi al final de su vida? Apunta hacia la cruz que sostiene con el otro brazo, y hacia el cielo. Apunta y apuntala, con un dedo penetrante, un dedo fálico que penetra la oscuridad. La oscuridad del pubis, la brillantez de los pelos. El poder de la santidad reinventada por Leonardo abruma con su paganismo, resuelto con heroicidad erótica. Juan Bautista envuelto en una piel de camello encanta a los que ansían acariciar su piel dorada; Leonardo ha preferido mostrarlo más bien desnudo, su cabellera rizada suelta y revuelta, y con un gesto risueño, grácil, anuncia el sacrificio del Cristo. La autoridad de la belleza, en esa sonrisa poderosa y meditativa, ejecutada a la perfección, nunca ha dejado de intrigarme. Juan Bautista diluido, derretido en el monocromo transparente, nos invita a que ascendamos por la línea de su dedo. Parece una escultura emergiendo del óleo, los contornos se evaden hacia la penumbra, esfumándose así la traducción carnal de la naturaleza por el espacio. Yo diría que Juan Bautista nos pregunta, irónico, con cierta sorna: «¿Todavía creen ustedes en algo de esto que dicen que existe allá arriba?».

La novelista cree en las palabras, musita apenas. Sólo en las novelas hilvanadas con sílabas, frases.

Ahora la novelista corre por los salones, pierde los cuadernos en esa loca carrera. Y otra vez está frente a otro san Juan Bautista de Leonardo da Vinci, llamado también Baco, pintado entre 1510 y 1515. Inmerso en una especie de caverna, recostado en un promontorio, san Juan Bautista, apenas cubierto con un trozo de cuero entre la cintura y los muslos, nos mira dadivoso. Está como mostrándonos el camino, hacia su izquierda, ahora el dedo señala una dirección. Su cuerpo es joven y fuerte, las piernas desnudas son de una belleza sin par. La pierna cruzada, el pie griego, con el dedo del medio más largo que los demás, constituye el centro del cuadro. Como si pudiéramos bailar imaginariamente inspirados por el balanceo de esa pierna en el aire.

San Juan Bautista erguido baja del pedestal. Un chico que pasa le regala una raqueta de tenis. Vamos, no sea usted tan poco serio, san Juan Bautista. No me diga que se pondrá a darle raquetazos a la pelotita. Pues sí, y lo hace contra el paisaje de su propio cuadro.

—¿Sabes qué? —se dirige a mí.

—No entiendo nada, mejor dejas el juego, porque el guardián no estará contento si dañas un óleo.

—Te haré caso en unos minutos, si me invitas a conocer a la Gioconda. —Sonríe, y con el dedo empinado vuelve a señalar hacia la sala donde se halla uno de los mayores tesoros del Louvre.

—Ahora mismo —sugiero nerviosa, pero aun así tengo que esperar a que el mozo se aburra de pelotear contra la pared. Finalmente, ocurre más pronto de lo que creía.

Tomados de la mano, lo conduzco hacia ella.

San Juan Bautista, llamado Baco, nunca he sabido por qué, observa muy serio, en la primera fila, pegado al cristal que protege el pequeño lienzo pintado entre 1503 y 1505.

La serenidad de la dama desasosiega, su sobria sonrisa, la monotonía del paisaje a sus espaldas, las manos colocadas una encima de la otra, el vestuario repleto de diminutos pliegues, el cabello finísimo, un velo transparente que lo cubre, y esos ojos que dondequiera que te pongas siempre te estarán mirando, abrumadores ojos color miel. Toda ella parece de miel, ocre, sepia.

—Lisa Gherardini, esposa de Francesco del Giocondo, más conocida por Mona Lisa o la Gioconda, ven, te digo que puedes salir de ahí, es posible... —El joven murmura estas palabras al retrato impasible.

—No juegues con ella, te lo suplico, es muy sensible —le aconsejo.

—Quiero que salga una vez, aunque sólo sea una vez... —insiste.

—Mejor nos vamos. —Intento tirar de él, pero se resiste.

Cautivada por el rostro, por la profundidad del paisaje, me quedo tranquila, junto a ellos, a la espera de que se produzca el milagro.

El museo está cerrado, es tarde, casi la madrugada, y san Juan Bautista aún espera a los pies del óleo a que la joven esposa obedezca. Yo estoy sentada en un rincón, como de costumbre, tomo notas. Recuerdo a mi maestro, el novelista en el museo del Prado, sonrío distraída.

Entonces, en la tela del cuadro hay como un ligero movimiento, como si la brisa moviera la tela; de súbito, ella ya no está en su interior. Su figura transparente reaparece junto a san Juan Bautista, que se empeña en tomarla de la mano, pero la suya atraviesa la imagen oleográfica, resbala, y no logra atraparla.

La Mona Lisa se ve más bella que nunca en esa transparencia fulgurante, y pareciera que vuela, y que se ha transformado en el más bello de los ángeles. Es la imagen perfecta del Espíritu Santo. Un conflicto nada desdeñable para la Iglesia católica, el sexo de los ángeles, pero especialmente el sexo del Espíritu Santo: ¿Mujer, hombre? ¿Ambos a la vez?

Ahora, la imagen se condensa, blanquecina, ¿o se evapora? Del techo del recinto empieza a caer una llovizna muy fina y dulzona, que baña nuestros rostros; abro la boca, la saboreo con la lengua. Es miel. Llueve miel.

Las bodas de Caná
contadas por la Bella Nani
y la mujer con espejo

Siempre aprecié la pareja que hacen esos dos personajes de Tiziano Vecellio, *La mujer ante el espejo* y *El hombre con guante,* aunque son dos cuadros diferentes. En el primero, una muchacha con el pelo rojizo y rizado echado hacia delante, sujeta la gran melena con un gesto sensual de la mano, observa su espalda a través del espejo que le tiende un sirviente; el hombro descubierto palpita bajo el esplendor de la luz que emerge de debajo de su piel, de las purpuraciones de su sangre; el corpiño suelto, la blusa de seda blanca y amplias mangas redefinen su silueta, con la otra mano se ajusta la cintura; probablemente sea una pintura hecha entre 1510 y 1520, así como *El hombre con guante.* Éste observa hacia el lado contrario de la chica, todo su rostro se encuentra empecinado en un detalle que apenas consigo adivinar; el cuello altivo que sobresale del tejido trabajado en un vuelo refinado, acentúa el color casi caramelo de sus ojos, el pelo muy oscuro, en la mano izquierda lleva un guante de piel de cabritilla, bastante usado, y esa misma mano aprieta el guante de la otra, que descansa en su muslo.

Ahora están frente a mí, en la sala no hay muchos visitantes en estos instantes. Por allá se pasea otra pareja, un hombre bigotudo ajusta sus lentes para apreciar la suculencia de un trozo de carne al rojo vivo; otro hombre, de unos cincuenta años, risueño, se divierte ante los brocados atigrados de un tejido, nada más.

Roxana y Orazio, que son los nombres con los que bauticé a

estos personajes de Tiziano, conversan en voz baja. Se nota que ella escucha con placer los piropos del joven. Me detengo a su lado, e intento oír sus secretos:

—Me gustaría desabrocharte el corpiño y enseñarle al espejo todo lo bella que eres, acariciarte suavemente con la punta de mis guantes.

—Mejor con la punta de tus dedos... —Roxana se sonroja pero no escatima respuestas subidas de tono.

—¿Seguro que aceptarías que te desnudara y que te acariciara?

—Lo aceptaría todo, ya sabes que me muero por estar sola contigo en una habitación, y que en ella hagamos lo que desees, seré tu esclava...

Presiento que algo raro está sucediendo, ese lenguaje de Roxana me produce escalofríos, y me doy cuenta que a Orazio le sucede igual. Tanto embale lo petrifica, lo enfrían las palabras agudas de la mujer.

—¿Por qué no vamos a buscar a la Bella Nani?

—No entiendo... —La mujer ante el espejo, o sea Roxana se da cuenta de que ha cometido un error.

—Sí, preferiría que en lugar de escuchar solamente tu versión de *Las bodas de Caná*, que ella me cuente también la suya, ya que es patricia, y veneciana.

Dejo de anotar en mi cuaderno y me detengo, ellos también se detienen unos pasos más avanzados. Ella baja la cabeza, los párpados entornados, el pelo encrespado le cae en una melena abundante hasta la cintura. Allá se acerca otro visitante. Es alto, los ojos penetrantes, observa los cuadros, pero también en derredor de ellos. Viene hacia mí.

—No me diga que no sabe quién soy; ando buscando a Manuel Mújica Láinez, necesito comentarle un capítulo de una de mis novelas... —Sus palabras son directas, como su mirada.

—Sé quién es usted, señor Manuel Puig... Leí todos sus libros, soy una admiradora. El Maestro se mudó hace años para el Museo del Prado.

—¿Cómo para el Museo del Prado? —Parece compungido ante semejante noticia.

—Estuvo aquí sólo de paso, ya me habría gustado que se quedara acompañándonos.

—¿Le gustaría que yo me quedara? —inquiere en tono inocente.

—Me encantaría, pero eso sólo lo puede provocar usted, con su deseo propio.

—Pero ¿usted lo desearía?

—Seguro que sí, sería magnífico.

—Eh, dama, caballero, su conversación es muy grata, pero necesitamos que se ocupen de nosotros, que somos dos personajes a la deriva por su culpa, señora mía, que nos ha sacado de nuestros respectivos cuadros para ponernos a hablar en este salón... —El hombre del guante habla en serio.

Pido disculpas, y que me conceda unos minutos. Aconsejo a Manuel Puig que me siga discretamente, que nos dirigimos a buscar a la Bella Nani, y luego a *Las bodas de Caná*.

—¿La gente todavía se casa? —Me mira incrédulo.

Levanto los hombros, los dejo caer, le hago señas para que vaya detrás de mí... Entonces me detiene tocándome con un dedo largo y fino.

—Voy a otra sala, tal vez nos veamos más tarde.

Observo su paso de príncipe; se aleja con un aura azul intensa, y me dan deseos de irme con él, pero no puedo abandonar a Roxana y Orazio.

La Bella Nani, de Paolo Caliari *el Veronés*, hacia 1560, es también el retrato de una bella mujer. Su rostro tiende a la perplejidad, como si acabara de recibir una noticia que la sobrecoge, y es la razón por la que se lleva la mano al pecho y debe apoyarse en un mueble. Sus rasgos, pese a la incredulidad que le confiere su reacción, son plácidos; sus mejillas, eso sí, están sumamente sonrojadas, por lo que podríamos especular con que, en lugar de una noticia desagradable, más bien la han obsequiado con un piropo. Frente despejada, los cabellos recogidos y apretados en un trenza que engalana sus sienes como una corona de laurel, nariz recta, boca pequeña, mentón ligeramente partido, ojos verdes. Una perla incrustada en la oreja, delante, no en el lóbulo, sino justo delante de la oreja. Lleva un vestido de terciopelo también verde, el corpiño es tan ajustado que sus senos desbordan el balconcillo que los contiene y del que brota un delicado bordado. Las mangas y el talle a la cadera de su traje están ribeteados con emblemáticas figuras doradas. Un collar de perlas afina su cuello, en la mano que oprime dulcemente su pecho, dos anillos enjoyan discretamente sus dedos. Encima de los hombros, una capa transparente y ligera realza la majestuosidad de su belleza.

La Bella Nani entrega su mano a Orazio y desciende del cuadro.

Orazio las contempla a ambas, cuál de las dos más bellas.

—De ustedes dos, tendré que elegir a la que mejor describa *Las bodas de Caná*, con ella contraeré matrimonio.

—No exageres, muchacho —asumo la defensa de las mujeres.

El hombre del guante agita su mano, y con la punta del guante casi me roza la mejilla en acto fiero.

—¿Y usted por qué nos persigue?

—¿En qué quedamos? ¿No deseaba que estuviese con ustedes porque era la única manera que tenían de poder liberarse y dar un paseo? —protesto lacónica.

—No sé a qué se refiere...

He comprendido, Orazio quiere lucirse frente a sus chicas, hacerse el duro y con guantes. De acuerdo, persisto:

—No se crea, por tanto, en el derecho de que yo apoye sus decisiones. Por lo pronto, veamos *Las bodas de Caná*, y luego consideraremos si está usted en el derecho de poner a estas dos mujeres en semejante situación impropia para unas damas.

—¿Impropia para unas damas ha dicho? —ironiza con la frase.

—Que tengan ellas que someterse a una prueba para que usted decida a cuál de ellas llevará al altar, me parece, cuando menos, ridículo para ellas, humillante.

— Pero ¿ha oído cómo me trata Roxana? Ella quiere acostarse conmigo desde hace un buen rato, es una calientapollas esa Roxana. Al menos, estoy dándole la posibilidad de una salida honrosa.

—Más respeto, por favor, sigamos, nos esperan en *Las bodas de Caná*.

Recorremos los suelos en sentido inverso a la visita, salimos y tomamos la escalera mecánica; nos encontramos en una de las terrazas del Louvre. Y al aire libre, en la explanada donde se halla la célebre pirámide de cristal, se ha instalado el decorado de *Las bodas de Caná*, en una fiel reproducción real del cuadro de Paolo Caliari *el Veronés*, pintado en 1562 y 1563. El Veronés tradujo la escena bíblica de las bodas de Caná en 666 por 990 centímetros. Allí fue donde ocurrió el primer milagro cristiano, en el que Jesús transforma el agua en vino, el Veronés lo traspone de época, y lo sitúa durante un fastuoso banquete celebrado en el Renacimiento veneciano. Elige un majestuoso palacio que sirve para darle significado a la cena de los *Peregrinos de Emaús*. Con esta obra, el Veronés se reafirma como el gran pintor de la élite patricia de Venecia. Los colores resaltan por su vivacidad, su transparencia, su fugacidad en las disímiles escenas de gestos, el recurso de éstos contrasta con la sorprendente presencia arquitectural. Los gestos se multiplican y se pierden en la multitud, el dibujo de la arquitectura resalta por encima de todos los signos de la obra. El movido ritmo humano alterna con la suave y justa melodía de la perfección de la medida, como si las columnas dóricas y corintias fueran suplantadas por notas musicales. La obra fue pintada en la pared que estaba al fondo del refectorio del monasterio benedictino de San Giorgio Maggiore, en Venecia. El espacio de la tela es monumental, y como en esta reproducción real, la perspectiva resulta interminable, infinita. Napoleón Bonaparte fue el saqueador de la obra, luego se quiso devolver a Italia, pero se dijo que la tela sufriría demasiado en el transporte; sin embargo, durante la Segunda Guerra Mundial la escondieron en el sur de Francia.

Los personajes de ficción de la obra se mezclan con los visitantes, hablan entre ellos. Apenas puedo creer lo que ven mis ojos; resulta una magistral relación entre lo imaginario y la verdad. Y, para colmo, en el cielo azul, cargado de nubes blancas, cruzan tres aves, las mismas que aparecen en la pintura, las que imaginó el Veronés.

Jesús y María presiden la mesa, se hallan atentos, sin embargo, a un más allá. Dan la impresión de que nada de lo que ocurre a su alrededor les provoca el más mínimo interés, ni siquiera los movimientos de los doce discípulos. Como en la tela original, los elementos religiosos se desvanecen en la magnificencia del goce, en la alegría de la fiesta. Sin embargo, no se escuchan voces altas, ni siquiera ninguna exclamación fuera de tono, imprevista; la ceremonia transcurre en silencio, sólo se oyen las murmuraciones cuidadosas. Músicos callejeros representan a los músicos para los que una vez posaron los pintores. En el centro, con túnica blanca, el Veronés se autorretrató tocando una viola de gamba; sin embargo, ahora quien toma su puesto es el hombre que tanto se le parece físicamente y con el que siempre se topa la gente a la entrada del metro de Trocadero, un tocador de laúd, que ahora reemplaza al maestro. A su izquierda, con un traje rojo, Tiziano en aquella época tocó el violonchelo, pero ahora es Starck, quien lo sustituye, el gran Philippe Starck. ¿Quién estará en el lugar que antes ocupó Tintoretto, como violinista? Nada más y nada menos que un joven cubano, que estudia en el Conservatorio, y que es un asiduo del Louvre; siempre que puede se da un paseo por las salas, e invariablemente se detiene delante de la obra del Veronés y sueña que es él quien toca el violín, vestido con una capa color higo. Los sueños esta tarde se hacen realidad, para todos aquellos que quisieron un día estar dentro de *Las bodas de Caná*. Sin embargo, Jacopo Bassano, en la flauta, es él mismo... Porque ¿qué se hizo de los personajes del cuadro? Algunos quedaron dentro, en el salón, inmóviles, otros, como Jacopo Bassano decidieron arriesgarse y salir al exterior por el tiempo que dure la representación de la pieza. Hacia la izquierda siempre, con una copa de vino en la mano, Benedetto, el hermano del Veronés; detrás del siervo que derrama vino de una tinaja de porcelana fina en otra más corriente, se halla el actor Jean Reno, su perfil lo delata, y esa manera tan caballeresca de portar los vestidos, el traje veneciano blanco, bordado en motivos y arabescos dorados, ribeteado en un negro conventual. Pareciera que la cena es muy amena, que todos conversan; en verdad escuchan, y esperan a que Jesús cumpla el milagro una vez que se haya agotado el vino.

Las mujeres estudian delicadamente a los hombres, sonríen y asienten; una de ellas es el vivo retrato de Chiara Mastroianni, otra se parece a Barbara Schulz, sin embargo, también aparecen Attys, Sarah y Juana.

En la parte de arriba del cuadro hay un trasiego increíble, unos cortan la carne de un animal que no podemos saber cuál es, se intercambian objetos, bandejas, las mujeres recogen prendas del suelo y limpian discretas la más mínima suciedad. Pese a que es un cuadro de mucho movimiento, su pulcritud produce una sensación de estar contemplando una escena del Paraíso. Esa mujer que dije que se parece a Chiara Mastroianni, es, en efecto, ella misma. Se encuentra en una terraza, muy encima, asomada con otras personas; su perfil reproduce de forma muy similar los contornos marmóreos de la estatua que en una esquina de esa misma terraza desafía al abismo. Enfrente otras figuras borrosas pareciera que gritan, que su papel es el de alborotar la fiesta con sus gritos jubilosos: son niños, mujeres, gentilhombres. Todo es de verdad en esta representación, todo es humano, y animal; los perros son los de la guardiana del inmueble más cercano. Hay un fulgor en la escena fuera de lo común, como si el día fuera a pintarse solo, y entonces todo estaría dispuesto a mutar en óleo.

Ninguna de las dos mujeres ha sido capaz de capturar la intensidad de la realidad, porque ninguna de ellas está capacitada para describir la fuerza de la vida en su dimensión inédita de alegría, secretos, poesía, misterio. Y lo lamentan, porque a ambas les habría gustado casarse con Orazio. Por más que lo intentan, como yo ahora, nada podrá ser narrado con tanta minuciosidad semejante a la belleza de lo que estamos viendo.

Orazio también contempla maravillado aquel movimiento, como en una danza proverbial venida de otros siglos para instalarse en nuestras pupilas, en nuestros huesos, en las piedras que atesora la plaza debajo de nuestros pies.

La Bella Nani, la mujer ante el espejo y el hombre con guante deciden introducirse en la ceremonia, confundirse en el paisaje festivo. Yo también me sumerjo junto a ellos en la marea de invitados, y muy dispuesta me pongo a llenar las tinajas de agua cuando se ha acabado el vino y Jesús pide que llenemos las ánforas secas del preciado líquido transparente. Percibo que la Virgen María toma la mano de Jesús, como cuando era un niño y deseaba darle seguridad, Jesús esboza una sonrisa imperceptible.

A distancia de la obra concebida a partir de *Las bodas de Caná*, y a los pies de la pirámide construida por el arquitecto de origen chino Ieoh Ming Pei, e inaugurada en 1989, la bella Rebeca del cuadro de Tiepolo espulga de insectos a Canaletto. Además, un joven Apolo intenta cubrir a Dafne, cuya capa, una ráfaga de viento pretende arrancar de su cuerpo. Giandomenico, hijo de Giambattista Tiepolo, estructura con el pincel trazos en el aire, y evoca extasiado los ardores de un carnaval. Sin embargo, ésta es una historia bien distinta, jamás contada con los colores y la luminosidad merecidos, pero nunca olvidados.

El perro
de Francisco de Goya

La pintura española que existe hoy en el Museo del Louvre es bastante escasa en relación con la que existió a inicios del siglo XIX. La obra que Napoleón Bonaparte se llevó de España en el momento de la invasión de las tropas imperiales fue restituida en 1815. Pero no por poca podíamos dejar de admirar obras que son a mi juicio imprescindibles.

La novelista se pasea entre ellas, toma notas. Advierte que el cuadro aquel del perrito de Francisco de Goya, hundiéndose en la arena del desierto, no se encuentra actualmente entre la obra de este pintor mostrada en este museo.

¿Lo habré visto en el Museo del Prado en el año 1983, cuando pasé por primera vez por ese museo, o habrá sido aquí, en el Louvre? Tal vez haya estado aquí sólo por un período, prestado, pero apostaría cualquier cosa a que me lo había tropezado en esta sala.

De súbito, oigo ladridos. ¿Cómo ha podido colarse un perro en el museo? Insólito, pero cierto, a lo lejos diviso al perrito goyesco que le ladra al cuadro titulado *El Cristo en la cruz adorado por donantes*, de Doménikos Theotokópoulos (1580), más conocido por El Greco. Pintado para la iglesia de los religiosos de San Jerónimo de la Reina, en Toledo, el Cristo en la cruz resulta una de las abstracciones más increíbles de este pintor en su pasión colorida de difuminados, luz y emoción, nebulosidad de las formas. El perrito de Goya se sacude con un estremecimiento del cuerpo la arena del desierto, y vuelve a ladrarle al

Cristo en su gesto de esperanza redentora. Cierro los ojos y vuelvo a ver al animal, ahogándose en la arena, en sus ojos el mismo paisaje de sacrificio que ahora luce Jesús en la cruz. Las sombras se aglutinan encima de la cabeza del penitente, de los contrastes se expande el desgarramiento, el dolor. *Goyesco*, así le llamo yo al perro, le ladra a esa atmósfera intensamente dramática. El pintor, ¿será el donante a la izquierda de la cruz, el que lleva su mano al pecho; se habrá retratado a los pies de Cristo?

Goyesco se echa a los pies del cuadro, su lomo sube y baja, respira con dificultad, por la lengua se le nota que está sediento.

—¿Por qué no lo llevamos a que beba agua a la fuente?

La infanta María Margarita, pequeña, con sus cabellos rubios sueltos, anudados a un lado con un lazo de seda de idéntico color que esos que lleva incrustados en su vestido, me toma de la mano. Se supone que la infanta se ha fugado del taller de don Diego Velázquez, donde fue pintada en 1653. Sus ojos vivaces me observan piadosos, y aprieta mi mano hasta hacerme daño.

Goyesco sigue tirado en el suelo, extenuado. Lo levanto y me dirijo al primer cuadro en donde pueda yo entrar y en el que haya una fuente para conseguir que el perro sacie su sed. Ninguna de estas acciones contiene una explicación real, pero así empieza el trabajo de un novelista, sin ningún origen, con un sentido evidente, el de desprenderse de las palabras.

Lo más seguro sería pedirle al joven mendigo de Esteban Murillo (1645-1650) que nos deje beber de su tinaja. El chico está sentado en el suelo de una tienda, los pies descalzos, el sol que entra por la ventana enfoca su cuerpo. El niño, pensativo, con los ojos bajos, aferra sus manos a los pobres andrajos que apenas cubren su piel. La infanta María Margarita siente una extraña atracción por el chico, se le acerca:

—Mi perro tiene sed, ¿podrías darle de beber, por favor?

—No es tu perro, pertenece a esa dama —responde el niño, y me señala.

—Tampoco es mío, es de Goya, pero se nos ha aparecido, y confirmo que necesita beber agua. Creo que se ha emocionado enormemente con una pintura, su corazón late apresurado, y respira con dificultad... —Le toco el hocico con la palma de la mano—. Además, tiene fiebre.

El mendigo toma la tinaja, busca un cuenco, vierte el líquido. *Goyesco* bebe, lengüetea hasta la última gota.

El pasillo lateral se llena de visitantes, entre ellos deambula elegante con su camisa de vuelos en las mangas y de botones forrados, el autorretrato de Luis Eugenio Meléndez, en el *Retrato del artista en su academia*, de 1746. Es un hombre joven y bello, de tez y facciones agitanadas, y que estuvo entre los grandes seguidores del tradicional bodegón en la pintura española. Su *Naturaleza muerta con higos*, pintada entre 1760 y 1770, demuestra su gran rigurosidad y prestigio. Un plato con higos, un pan, una cesta dentro de la cual hay un jamón envuelto en un mantel, y, sin embargo, todo es vida en ese conjunto.

Goyesco se remueve en mis brazos, sus ojos me miran agradecidos, entiendo que prefiere avanzar por sí mismo, pero en cuanto lo coloco en el suelo de mármol corre hacia la bella condesa del Carpio, marquesa de la Solana, toda vestida de negro, envuelta en un velo que le fluye como agua del peinado hacia la espalda y que le cubre los hombros y los brazos; ha cruzado las manos, y lleva abanico, en los rizos un enorme lazo rosado. Es ese retrato de Francisco de Goya y Lucientes que hizo en Burdeos en 1795, el que ahora camina a nuestro lado, y entonces me toma del brazo, mientras *Goyesco* corretea alrededor de la que con toda evidencia ha elegido como ama.

Allá a lo lejos creo divisar a un hombre muy parecido al pintor, los mismos rasgos del rostro, los mismos gestos de las manos. Puede que sea un actor, puede que sea un visitante cualquiera y que dé la casualidad de que se parece a Goya. Aunque, así de lejos, bajo la capa de terciopelo azul, me parece que es él mismo, o su fantasma, fuente segura de inspiración.

François Cheng
frente a la Virgen
del canciller Rolin

La presencia de François Cheng es silenciosa, sus pasos apenas rozan el suelo, tal parece que levitara, mientras merodea con breves paseíllos el cuadro de Jan van Eyck. En su libro *Pèlerinage au Louvre*, publicado por Flammarion, en la colección del Museo del Louvre (2008) describe este cuadro de la misma manera que lo observamos hoy aquí a él: callado, en absoluta apreciación de lo invisible, con una ligera sonrisa que murmura la alegría. Y, de súbito, la luz anaranjada de la aurora envuelve la escena: el escritor chino, el cuadro, la sala del museo que abrirá en pocas horas. El grupo bajo la incandescencia visionaria, semejante a una muñeca rusa dentro de otra, reaparece como el cuadro dentro del cuadro.

En su texto, François Cheng se refiere a las presencias divinas, al ángel presto a coronar a la Virgen, ésta vestida de un rojo punzó, con una capa púrpura y libidinosa que cubre sus brazos, la cabellera rizada y rubia suelta, los ojos bajos; el hombre que, arrodillado, venera sus gestos, un hombre de carne y hueso, «austero», las manos piadosas, el rezo, el libro abierto. Nada es real, todo es divino, y, sin embargo, es una escena creíble. En mi caso, al observar dentro de esta escena la silueta del escritor, también asistencia exultante de lo divino, resulta un instante de eternidad, demarcación sin embargo de lo exclusivamente santificado. Y, como amplía Cheng en su texto, «los dos reinos, terrestre y celeste, están ligados», «la comunión entre lo humano y lo divino reside en lo posible».

Y en esa residencia se sostiene este libro, que escribo no sólo porque soy una amante de los museos, y en particular del Louvre, además, porque admiro a Manuel Mújica Láinez, e inspirada en *Un novelista en el Museo del Prado,* decidí escribir este libro, y también admiro a François Cheng. Pertenezco a una época en que aún se veneraba a los padres literarios, se reconocían las influencias literarias, la escritura se inspiraba en la lectura de los clásicos, y de los autores que, aun siendo vivos, se transformaban por la fuerza de su obra en autores imprescindibles.

Provengo de una época en que los escritores reconocíamos el valor de la obra de nuestros antecesores, descendíamos de un pensamiento literario, el de ellos, y al inicio lo imitábamos, luego lo enterrábamos en el fondo de nosotros mismos, y un día lo hacíamos resurgir bajo los efluvios de nuestras vidas, de nuestras experiencias. En mi época, la gente no se plagiaba, la gente se leía, se analizaba, se entendía. No existía la competencia, imperaba el gusto, el placer, el amor por la literatura. Se realzaba el nombre de los autores, y en un segundo plano el de las editoriales, cuyo verdadero sentido, además de publicar a los escritores, era evitar que se murieran de pena, de hastío, de hambre. Era otra época, y yo vengo de ella, aunque mi fecha de nacimiento indique lo contrario.

La Virgen del canciller Rolin, de Jan Van Eyck, pintado entre 1430-1434, fue usurpado por la Revolución francesa, luego devuelto al Louvre. Nicolas Rolin fue canciller del duque de Borgoña, Felipe el Bueno, y encarga este cuadro con la Virgen y el Niño para la capilla que había fundado en la iglesia Notre-Dame du Châtel, en Autun, ciudad en la que nació. El canciller aparece en el cuadro, él representa el vínculo terrestre con la Virgen, o sea con el mundo prometido, celestial.

En Autun visité la catedral de San Lázaro el Pobre y la biblioteca donde se guardan antiquísimos manuscritos confiscados en tiempos del Directorio revolucionario. En Autun estuve en el Museo Rolin, y desde hace años recuerdo aquel paseo, delante de este cuadro, en el Louvre.

El suelo embaldosado abre una línea espaciosa entre ellos, que se encuentran en un lugar ambientado de manera poética, imaginaria, no se trata de un sitio existente, aunque lo parezca; las paredes del recinto respiran como si se tratara de las paredes rugosas del vientre de un animal. La ciudad vislumbrada a través de esas tres ventanas en forma de arcos, pareciera una villa entre lo celestial y lo terrenal, pero me inclinaría más a pensar en otro santo lugar inventado. Un puente reúne esos mundos, y las manos unidas del canciller, quien adora al Niño, demuestra que sólo la oración piadosa nos inicia en la vida y en su más allá, con ternura y devoción. El Niño aparenta una madurez imposible para su edad; su manita bendice, mientras en la otra sostiene el símbolo de la fe. Su imagen desnuda denota inocencia, su figura demasiado erecta demuestra sabiduría, firmeza.

El escritor levita, su sombra alcanza registros magistrales en la reverberación del salón, el sol acrecienta las aristas de su cuerpo con reflejos dorados; el hombre absorbe la sabiduría.

Dos hombres se aproximan desde el fondo del cuadro, han estado vueltos de espaldas, vienen caminando de muy lejos, y su recorrido transforma el corredor del cuadro en arco iris. Enfundados en capas de gruesos tejidos, sus cabezas cubiertas con amplios sombreros, ambos cruzan el cuadro, cada uno por detrás de los personajes. El más alto por detrás de la Virgen, el otro apenas roza al canciller; y entonces descienden de la cuadratura del lienzo y se colocan de este lado, junto a Cheng, quien aprueba mientras contempla a estos dos viajantes venidos de lo más profundo de su propia imaginación.

La Virgen se mueve ligeramente en el asiento, el vestido de color rojo sangre, rojo pasión, de súbito adquiere una levedad insólita, y en este mismo segundo pareciera que el tejido se convierte en una seda ligerísima, que flota en todo el espacio e inunda el recinto del museo. También la cabellera rojiza del ángel se expande por encima de nuestras cabezas, los cabellos vuelan en torno a la techumbre, y allá arriba se entretejen, convertidos en alas espesas que calientan y quebrajan la solidez del invierno.

Mientras contemplo la escena, recuerdo cuando podía pasearme por las calles, aún no me había quedado para siempre recluida en el museo, y esperaba el invierno con la ansiedad de quien sólo se siente segura en el trópico. Recuerdo mi viaje a

Autun. Trabajaba durante el día, en mi buhardilla en penumbras, y a la caída de la noche, alrededor de las cuatro de la tarde, salía bien abrigada a la calle. El aire helado me entraba por los huecos de la nariz, en los ojos se cristalizaban las lágrimas, y yo avanzaba bajo la lluvia, o la nevada, a veces me detenía a tomarme un chocolate hirviendo, y luego volvía a sentir en mis huesos la gestualidad del frío, que acaricia y hiere.

El novelista chino se aleja poco a poco del cuadro. Los viajeros van detrás de él. Otros viajeros se cruzan con ellos, se saludan. Ambos conversan preocupados:

—La gente pierde la fe, no es posible, jamás deberíamos abandonar la fe.

—¿Cree realmente que se trata de un asunto de fe? Más bien, señor Casal, es un problema estético. Una falta de poesía ante la vida que retrasa todo intento humano de vivir valientemente, ¡qué manera de irnos hacia las cavernas, cuando debería ser a la inversa!

Uno es un poeta, se llama Julián del Casal, es cubano; el otro es un pintor, su nombre es Gustave Moreau, es francés. Y ambos entran, sin apenas percatarse, por el mismo pasillo enlosado, trasponen el cuadro, y se alejan, achicados, hasta detenerse en el mismo punto donde se hallaban los personajes originales pintados por Jan van Eyck, y allá, entretenidos, prosiguen la misma conversación, la eterna.

Intento dar con François Cheng, pero ha desaparecido por completo, ni siquiera una irisación de su sombra nos ha dejado el viento. Los fantasmas inundan la sala, ellos siempre se adelantan a los visitantes diurnos, revolotean e intentan acomodarse a última hora en cada una de las obras de las que surgieron; a veces se equivocan, y de buenas a primeras, un santo o una Virgen pueden, atropelladamente, caer en una escena orgiástica, o en medio de un combate. Aunque, por fortuna, invariablemente consiguen establecer el orden entre ellos mismos, y, hasta hoy, ningún visitante ha reparado en un detalle anacrónico debido a la ausencia de precisión en el momento de acotejarse en el interior de las obras.

Dije bien, «hasta hoy». La primera visitante de este día, jueves, con aguacero y rudo invierno, es una niña. Tiene un ojo de cristal, repara en mí, que la observo calladamente.

—Perdí mi ojo jugando al taco, en La Habana Vieja.

—¡No me lo puedo creer, yo soy de La Habana Vieja, de la calle Muralla! —respondo asombrada.

—Yo de la calle San Ignacio. Me llamo Omara. —Ya no dice más, vuelve su rostro hacia el cuadro de Van Eyck.

—Estos personajes, los de atrás, esos que apenas podemos reparar en ellos, los que nos dan la espalda...

—Sí, ésos, ya sé de quiénes me hablas... —asiento perpleja.

—Bien, no son los mismos que los que vi ayer.

—¿Viniste ayer al museo? —pregunto intrigada.

—Claro, vengo cada día, quiero recuperar mi ojo. Me han recomendado el cuadro *El cosmos bajo el ojo y en la mano de Dios, en presencia del Cristo Juez y de la Virgen María*, que representa a la Iglesia, su autor es Jean Provost, y fue pintado entre 1510 y 1515. Nada, no me hagas caso, lo más seguro es que no sepas de qué cuadro te hablo...

No entiendo por qué me extrañó su familiaridad.

—Sí, conozco el cuadro, te puedo conducir a él, pero ¿cómo sabes que los personajes de este cuadro han sido sustituidos por otros? Es difícil darse cuenta.

—Oh, no lo es, con mi ojo de cristal consigo ver las figuras en una dimensión superior.

—Y entonces ¿por qué quieres recuperar tu ojo? ¿No es mejor que te quedes con el que tienes, que te facilita un poder superior, el poder de ver los objetos a mayor escala?

—No, señora novelista, yo quiero volver a contemplar el mundo como cualquier persona normal.

—¿Dónde jugabas al taco cuando perdiste el ojo?

—En la plazoleta de la calle Cuba, entre Sol y Santa Clara, frente al convento...

Entonces recordé una tarde, yo con el bate en la mano, el taco vino directo a mi ojo, sentí como un pellizco muy fuerte y doloroso en la córnea, y me caí desmayada. El primer rostro que vi fue el de mi abuela, sus ojos azules desorbitados, y su boca desmesuradamente abierta que reclamaba auxilio.

Mendigos o culos zurcidos, cuerpos robustos

Deambulo junto a ellos, nos detenemos en una esquina, los tullidos menean sus traseros, balancean sus pobres cuerpos mutilados apoyados encima de los trozos de palos que les sirven de muleta. Río junto a ellos de los ricos, paseantes descalabrados en sus riquezas, me tapo la boca con la mano para esconder mi dentadura, ellos no tienen ni un diente, y sin embargo, ríen a mandíbula batiente. Sobre los hombros llevan unas capas manchadas de lodo, sobre las cabezas sombreros rocambolescos. Uno de ellos pareciera que se ha puesto una lámpara de noche encima del cráneo roto de una pedrada.

—¡Escriba, escriba ahí que nos estamos divirtiendo! —me ordena el del culo zurcido, aunque todos llevan parches en el fondillo de los pantalones.

Escribo, escribo en mi cuaderno que nos estamos carcajeando de lo lindo, que nos burlamos de los forasteros, a todas luces gente muy adinerada.

Pieter Bruegel *el Viejo* asoma su cabeza y nos contempla detrás de un cortinaje, somos su creación, somos *Los mendigos* o *Los lisiados*, pintados en 1568. Y entonces, el pintor no puede evitar retrotraerse a aquellos años en que fue un romanista *anversois*. Padre de Jan I Bruegel y de Pieter Bruegel *el Joven*, Bruegel *el Viejo*, desde los inicios, se dedicó más bien al dibujo, influenciado por El Bosco y el paisajismo, oponiéndose de este modo a las heroicidades de la pintura italiana, así como a la idealización de la obra solamente a través de la idea. De su viaje a

Italia en 1552 hasta 1553, trae consigo en exclusividad dibujos de paisajes.

A su regreso a Anvers, pinta la vastedad de los paisajes de su tierra, y los repleta de personajes denominados «pequeños», y de escenas casi salidas de la obra de El Bosco. Pero entonces tomó otra vertiente, esa donde evoca la locura humana. *Los mendigos* o *La parábola de los ciegos*, inspirado en la Biblia, retrata la experiencia y la visión lamentable y piadosa, aunque también abusada, de la condición humana, sumisa a los rumbos y leyes del destino. La imagen de la miseria apuñala la mirada; se trata de la miseria física, la del abandono. Nadie podrá jamás descifrar el significado de esta escena donde los inválidos, los mendigos, parece que retozan, o se burlan de los paseantes. Mucho menos de las colas de zorros que cuelgan de sus espaldas, cual trofeos amargos.

Bruegel nos contempla, en este regocijo inexplicable, idiotas al fin y al cabo, juguetones en nuestra pobreza. No extendemos la mano, no pedimos más que esa mirada pendiente del último acto de la creación. Soledad y muerte. Sus ojos se nublan de lágrimas. Bruegel es un sentimental, ya lo sabíamos; detrás de sus escenas satíricas y mordaces, que un irreverente diría que fueron pensadas adrede, hay mucha bondad, dolor, amargura. Del dolor que exige coraje a los estropeados por la vida, y que brinda para que sus negocios emprendan vuelo y para que sus situaciones mejoren.

Cinco mendigos y yo, detrás; por fin me he decidido a extender mi escudilla, a ver si alguien se digna lanzarme unas monedas. Tramposa, pongo dos monedas dentro y las hago sonar, como si acabara de recibir una limosna.

—¡Anda, sigamos bailando! —vocea uno de los cinco.

—Se acabó la fiesta, señores, a trabajar, ¡a trabajar! —bromeo cínica. Y me hundo en el ocre de la pared que nos rodea.

Los colores sombríos se escurren entre la piel del cuadro, de unos grises y unos rojizos tormentosos, audaces en su melancolía.

El pintor Ramón Unzueta se para delante del cuadro, escudriña, indeciso mueve sus labios en un susurro, intenta contarnos una historia, empieza con un «dicen por ahí» y repite esa historia que se cuenta sobre nosotros mismos. Nos pone al día, en efecto, de que somos modernos, de una modernidad apabullante, según los expertos. Y nos volvemos de espaldas a reírnos aún más fuerte.

Bruegel adelanta unos pasos, por fin decidido a salir de su escondite, pasa el brazo encima de los hombros de Unzueta, y le murmura:

—Señor, usted sí sabe de colores. Yo, apenas; vivía demasiado en la quietud y en las sombras cuando hice ese cuadro.

—Lo sombrío es luz —musitó tímidamente Ramón Unzueta.

La novelista se desembaraza del disfraz de limosnera, suplica a los muchachos que se separen, es la hora de salir a buscarse la vida en serio, cada uno por su lado. Es el momento de saltar a la eternidad de otra obra ampliada en la realidad, en ese instante deseoso de existencia carnal.

Entonces, de súbito, me sorprendo desnuda, carnes robustas, soy una mujer de grandes pechos, pezones puntiagudos y rosados, nalgas abultadas, vientre y muslos abofados aunque duros, cabellera rubia, ondulada, suelta cae sobre mis caderas. Me hallo ahora en el interior de una obra de Pedro Pablo Rubens, en ese titulado *El desembarco de María de Médicis en Marsella, el 3 de noviembre de 1600*, que perteneció a la colección de Luis XIV, y que fue transferido al Louvre definitivamente en 1816. Soy una mujer de Rubens, de caderas rotundas y sexualidad indiscreta.

María de Médicis pidió por encargo a Rubens en 1622 dos series de obras que irían en las galerías del palacio de Luxemburgo, en París, donde se encuentra situado el Senado en la actualidad. María de Médicis ansiaba que su vida y la de su esposo, Enrique IV, fueran retratadas por el maestro. Desde luego, Rubens empezó por «la vida ilustre y los gestos heroicos de la reina», que realizó en veinticuatro lienzos, en lo que fue la primera serie, la única terminada. Todos están conservados en el Louvre. La reina sabía que sólo podía ser vista glorificada bajo la representación de acontecimientos históricos y de alegorías pictóricas.

Es, de este modo, como en el desembarco de la reina en Marsella, a María de Médicis le dan la bienvenida las personificaciones que simbolizan a Francia y a la ciudad de Marsella. Ella, adelantada, advierte la presencia del rey, en un dinamismo fuera de lo común. El cuadro posee una composición diagonal, un movimiento de oleaje, potencialmente, las figuras se adueñan de las proporciones, de las medidas, de los toques fugaces y fogosos. Todo el lenguaje estructural de Rubens vibra en esa obra. La desnudez amplía la dimensión del sueño, de la realidad al sueño. El sueño siempre a los pies de la realidad, inclinado ante su majestuosidad.

En mi desnudez me siento maternal, sumamente sencilla, natural, el cuerpo abierto a la anunciación. Inocente y feliz con mis curvas redondeadas al pincel, perfectas en una especie de danza espectral y ancestral, a la orilla de un mar revuelto, telúrica. Es ésta una confirmación de la ceremonia del pincel que acaricia la piel, nacarada, o rosácea, filtrada por la armonía de los colores profundos que imperan en el cuadro. Soy una mujer de Rubens, me digo, musito la frase repetidas veces, y danzo entre los brazos de voluptuosos guerreros desconocidos.

Soy ahora un ser robusto en otra dimensión que besa la tela donde mi cuerpo se ha reflejado, y se pega a ella con la intención de quedarse para siempre, atrapada en la calentura de sus trazos, no mutar nunca más en otro personaje; quedarme fija en el esplendor de la carne. O únicamente salir de aquí para formar parte de *La Kermesse* (pintada alrededor de 1638), a la que Rubens dedicó buena parte de los últimos tiempos de su vida, y convertirme en una de esas mujeres que abraza y besa al amado, o en la madre rozagante que da de mamar a su criatura, o en aquella otra que después de haber bailado como una loca, corre a refugiarse detrás de un arbusto para acariciarse con su amante.

No me iría jamás de este cuadro, de esta eterna fiesta maliciosa, lírica, lúcida, barroca, lúdica, erótica, golosa. Los excesos de Rubens me envuelven, en ellos me siento plena de lujuria, de un deseo inédito, y de la valentía de las amazonas.

Intento sentimental
de robo

Todos cuentan que la culpa fue de *La bohemia* de Frans Hals (Amberes, 1580-1666), con sus senos abultados, el pecho saltándole del escote, esa sonrisa descarada, y los ojos embebidos en la voracidad del deseo. Sucedió a causa de un descuido de la cortesana y de la desproporción de su cabellera suelta, enmarañada, de su frente lisa y rotunda, de su salvaje belleza. Un caballero entró en el museo, la vio, se enamoró perdidamente de su desfachatez, y quiso llevársela; para colmo, ella se resistió. Regla número uno, jamás resistirse ante un loco enrabietado que se enamora de una obra de arte, mostrar rebeldía envalentona más al adversario. El tipo ya no podía vivir sin esa imagen fija en su mente, ya no podía irse sin ella a ninguna parte, y de una manera natural y estúpida descolgó el cuadro, y a la chica la tomó de la mano, y entonces sonaron todas las alarmas; pero había tanta gente dentro del museo que la mayoría se puso a buscar a otro tipo de personas, al delincuente por excelencia, nadie reparó en aquel hombre elegante, de capa y bombín, bastón lujoso con empuñadura de oro y de carey, que abrazaba la obra de la que no quería deshacerse de ningún modo.

Entonces fue otra muchacha, ésta de modales wagnerianos, soprano, de nombre Waltraud Meier, que acababa de bajar del cuadro de Rembrandt, *Betsabé en el baño* (1654), quien advirtió la figura del ladrón; avanzaba directo hacia la salida, en medio del gentío apelotonado, alborotado, a causa de las alarmas, y del barullo policial.

Waltraud o Betsabé lo detuvo dulcemente por el brazo, y con una mirada hacia el cuadro le dio a entender que debía devolverlo. El caballero no pudo soportarlo, y echó a correr, mientras vociferaba:

—¡Es mía, es mía! —Y arrastraba a la cortesana de un brazo.

Los guardias del museo corrieron detrás de él, lo alcanzaron. El hombre cayó extenuado, de rodillas, entregó a la joven, que no cesó un segundo de debatirse e intentar escapar. Waltraud la acogió en su seno, que se transformó de inmediato en lienzo.

Un turista canadiense acusó a la joven de ser demasiado insinuante, de entregarse demasiado con los ojos, con el gesto desfachatado.

—¡Sabía que sucedería, lo sabía! ¡A mí también me sedujo! —protestó el canadiense.

—¡Pero soy una cortesana, no voy ahora a adoptar una cara virginal! —replicó la secuestrada, mientras contemplaba cómo se llevaban a rastras a su secuestrador.

Todo quedó en eso, en un intento de robo, banal, estúpido.

—Tanta zalamería para llegar a satería baja, ¡vaya sonso! —rezongó el turista canadiense refiriéndose al caco.

—No, señor —dijo enojada una encopetada japonesa, muy finamente maquillada, y elegantemente enjoyada, llevaba guantes, para colmo—: El amor que ese caballero demostraba por la cortesana del cuadro es absolutamente válido —añadió—, el único robo mal habido es el de ella, ella le robó el corazón a él —espetó la dama de ojos rasgados—. ¡Se merece el cuadro!

El resto de los visitantes se movieron incómodos, molestos. Entonces, ¿cómo podrían volver a ver a la cortesana si el delincuente robaba la obra? ¿Y si a cualquiera que se le ocurriera enamorarse de un personaje de una obra le dieran la posibilidad de llevarse esa misma obra, ¡dejarían el Louvre vacío! con tal de complacerlos?

La japonesa dio un respingo y se marchó sintiéndose aún más incomprendida.

Betsabé regresó a su espacio, ella conoció antaño ese tipo de locura. También un enamorado que había intentado raptarla casi rompe el cuadro, lo arañó en el forcejeo que armó con un visitante que intentaba evitar que el desfalco se produjera. Su cuerpo tironeado entre dos robustos hombres, ambos querían salvarla de... ¡ella ni se acordaba, ni sabía de qué!, de la impureza, dijeron. Sólo recordaba la tela del lienzo demasiado estirada, a punto de rajarse, como su piel. Una tarde angustiosa que no borrará jamás de su mente.

Betsabé restriega sus hermosos pies, las piernas sólidas con un paño blanco. Waltraud, la soprano que la había reemplazado por unos instantes entona *Liebestod*, la muerte de Isolda, y mientras finge que agoniza, contempla absorta el cadáver de su amado. *Tristán e Isolda*, de Richard Wagner, es la ópera preferida de Betsabé, esta criatura consagrada a bañarse a perpetuidad, al menos en el cuadro. Condenada de por vida a restregarse con un trapo el pecado de haberse acostado con el rey David, de haber engañado a su esposo Urías, de haber quedado encinta del rey y de confesárselo.

Betsabé reflexiona, en su pose de bañista eterna, el cuerpo pleno de recuerdos, la mirada baja, las cejas enarcadas, el rostro, sin embargo, calmado; de su piel emana el perfume arrebatador del jazmín. En posición oblicua hacia nosotros, de tres cuartos, cruza la pierna, se aferra a la carta, el brazo descansa encima de la rolliza rodilla. La desnudez bíblica de Betsabé nos anuncia la tragedia de la muerte del infante —¿está ya ella embarazada en el cuadro?—, su tristeza nos habla de la muerte también del marido. «De cada muerte, una vida», susurra, confía en la sabiduría. Como si todo estuviera escrito en esa carta que ella sostiene abusada, y sin embargo, apenas enajenada, sobria en su melancolía. Tragedias y más tragedias advinieron después de esa unión adúltera con el rey David, con el que tuvo un segundo hijo, el rey Salomón, el que más claridades dejó, rey de la sabiduría de Israel.

¡Qué bello cuerpo emocionado y pendiente del silencio el de Betsabé! Su pie en manos de la sirvienta, que lo seca cuidadosa, que arregla sus uñas, es el tesoro bendito de la mujer que abandonada piensa en el futuro sin engalanarlo de pretendidos acontecimientos triunfales. En el rostro un gesto ligero de duda, de dejadez también, de mínimo gesto hosco. La mueca se diluye en la mirada, espléndida en su transparencia. Podemos leer el sentido de esa obra de Rembrandt en los ojos caídos de Betsabé, pupilas resignadas ante la evidencia mítica de la historia. Y, sin embargo, todo en su cuerpo pronostica un destino de reina, estamos frente a la plenitud del deber, también de la gracia, de la abundancia de sentimientos, y de un rumbo preciso, inclinado hacia lo certero. Su cuerpo sereno y maduro muestra las cicatrices del tiempo, bellas huellas carnales, pozos, trechos, heridas en la piel sensual y natural, esencia de lo vivido. El cobre, el siena, suben acariciando las ondulaciones, hacia la perla delicada que cuelga de la oreja, o el collar que define el esbelto cuello.

Betsabé, envuelta en el paisaje penumbroso, evoca el canto supremo de la vida, el misticismo del instante, la belleza y el encanto del pecado, el deseo enojado y proscripto.

—Betsabé, ¿no te da pavor tu belleza, contemplarte a diario en el espejo? —le pregunto.

—Jamás me he mirado en un espejo —afirma muy segura de sí misma.

—No puedo creerlo —continúo, con algo de mal genio.

—¿Cómo puedes pensar que malgasto el tiempo en recurrir al espejo cuando tengo tantas preocupaciones en mi cabeza y debo cargar con el recuerdo de mi hijo muerto? Además, debo asumir la educación de Salomón, que llegará a ser rey...

La reina vive en un tiempo diluido en espeso óleo.

Rembrandt sabía, a los cincuenta años, que se encontraba en el mismo estado que Betsabé, en un peñasco cuya altura ya no podrá evitar, y que sus facciones comenzaban a secarse demasiado a la su sombra del óleo.

A lo lejos, la cortesana llora silenciosa, nunca pensó hacerle daño a nadie de esa manera, a tal punto que alguien pudiera cometer un delito por su culpa, se dice. Waltraud Meier continúa interpretando magistralmente a Isolda. Betsabé se prepara nuevamente para el baño infinito en el que Rembrandt la sumergió, el baño ocre de la inmortalidad.

François Cheng vuelve a aparecer, ahora conversa con Manuel Mújica Láinez; Ramón Unzueta se les junta, atento a sus palabras. Los tres recorren el salón. El mulo blanco con manchas negras de Nicolaes Pietersz Berchem, del cuadro *Mulero junto a un vado* galopa de un salón a otro. Tengo la impresión de que, de un momento a otro, aparecerá el rinoceronte de Alberto Durero por una esquina, o el de Federico Fellini, que son el mismo rinoceronte.

Ramón Unzueta despeja el trayecto vestido de veneciano, lleva entre sus manos un sahumerio que balancea como péndulo, el perfume de la mirra inunda el recinto; el pintor asciende varios peldaños imaginarios, y se introduce en el cuarto del *Joven pintor en su taller*, de Barent Fabritius. Su rostro se ilumina mientras reemplaza al protagonista del cuadro, rejuvenecido, retoma el pincel y delinea un rostro frente al caballete. Descansan sus piernas enfundadas en medias rojas, hasta las rodillas, y una casaca de cabritilla. Todo se resume en pintar, musita. Todo se resume en escribir, murmuré.

Conversación entre
la Encajera y el Astrónomo

Mientras *El astrónomo* (1665-1670) de Johannes o Jan Vermeer se nota muy ocupado en recorrer con sus dedos una bola del mundo, alumbrado por el reflejo de una noche blanquecina, como aquellas de Dostoievski, la nieve resplandeciente a través de su ventana le hace olvidar que existen las estrellas allá donde tantas veces asciende su mente, *La encajera* (1655-1670), también de su autoría, hace encaje quién sabe si de un cosmos de luceros reinventados, soñados, su encaje es el terreno de sus recuerdos.

Vermeer, a mi juicio, es el gran maestro del intimismo, toda la poesía del secreto surge de una fragancia narrada por la ilusión de un objeto, magistralmente manipulado por la luz. Vermeer proviene de la Escuela de Delft, la escuela holandesa se especializó en los interiores transparentes, penetrados por la claridad, y el vicio drástico de la reducción del recargamiento de instrumentos narrativos acopló el placer de la pintura con la inteligencia. Vermeer limita la presencia de los objetos; cuando aparecen es porque sin ellos, esencialmente, la composición del cuadro no existiría, no tendría sentido, ni por ínfimo que fuera el objeto pintado.

Vermeer es un pintor de trazo cálido pero de mente fría, sabe adónde va desde la sensación anterior al primer boceto, en el sueño se le revela la situación de los personajes y los objetos que poblarán su universo, bien pocos en sí.

El cielo del Astrónomo se divide en dos, el cielo nacarado que entra por su ventana y el otro cielo en el que indaga, azul Caribe, o azul Prusia, donde cada estrella rutila como los botones dorados en el uniforme de una chaqueta militar. Su mano puesta encima del globo terráqueo hace girar la esfera del nacimiento, vestido como está con esa túnica de seda esmeralda, la barba, el pelo recogido en una especie de cofia, el libro abierto, y el aire de hipnotismo que se trasluce en su rostro; es un ser divino, un semidiós, o Dios mismo, encarnado en un geógrafo que intenta explicarse el universo. Entre sus manos palpitan los labios divinos, en sus ojos se refleja el misterio de la existencia de los astros, silenciosos personajes rutilantes. El Astrónomo adivina que el oro nítidamente blanco del cuerpo de una estrella simboliza la sonrisa perfecta de aquel sabio que nos lanzó a las profundidades del infinito.

La luz gotea en el marco de la ventana y recibe también como agua de azahar las reminiscencias emanadas de la memoria y del pensamiento del hombre. La composición es sencilla, un juego de iluminación retroalimentada perfecta, fotosíntesis entre la alquimia y la esencia del sueño.

El Astrónomo se levanta de su asiento, acomoda su *robe-de-chambre* entre las piernas, y se dirige hacia donde se halla la Encajera; ella es una dulce mujer de rostro relleno, el pelo estirado hacia atrás, salvo en dos mechones delanteros bien alisados hacia los lados, divididos en una raya intermedia y terminados en dos crespos o chorongos laterales. La blusa es color salmón y el cuello es de una delicadeza indescriptible, pareciera imposible de pintar semejante perfección de la puntilla que redondea los hombros de la muchacha. Nunca un encaje real alcanzará semejante perfección. Sus ojos, a la altura de los del espectador, un detalle específico de Vermeer, situados bajos, ensimismados en la labor que sus dedos realizan encima de una mesa de madera un poco tosca, donde se despliega un trozo de tela azul *aqua* con una banda bordada entre rosado y blanco. De debajo de un cojín, a su derecha, sobresalen hilos, cintas, canesús.

El centro de este cuadro no es la encajera en sí misma, es la agudeza con la que ella fija su trabajo; el trabajo esencialmente y el resultado de su trabajo representado en ese finísimo cuello que califica de excepcional una obra de una sencillez desmesurada, y de una entrega jamás sentida de manera tan humana, tan suprarreal. Los dedos se mueven, lenta, cuidadosamente, trabajan con una cierta ternura, y toda la belleza se concentra en los trazos de sus manos.

El Astrónomo se detiene frente a la mujer, pero ella está sumamente concentrada en los movimientos de los bolillos, en un silencio que nace en su interior, en un deseo recóndito de entregar lo mejor de su *savoir faire*. El Astrónomo sabe que ésa es la razón por la que la ama, porque Vermeer consiguió unirlos, tenues y precisos, cada uno minucioso en la obra para la que han sido destinados.

El hombre se alisa la barba con la mano, espera a que ella levante los párpados, pero la Encajera no lo hace. Es una mujer pequeña en un cuadro diminuto, y sin embargo él la percibe como una diosa en su trono, cobijada bajo la sombra de su denuedo.

—Victoria —susurra él.

Ella apenas tiembla ligeramente, no puede equivocarse de sitio en donde debe hincar la aguja.

—No me llames Victoria —musitan sus labios—, te he dicho que me llamo Sofía.

—Es que siempre que tus manos trabajan los hilos se entrecruzan en forma de V, y se me ha ocurrido que pudiera llamarte Victoria.

—¿No te has dado cuenta de que es la V de Vermeer?

—Pues no, no lo había identificado de ese modo.

—Jon, ¿por qué no vuelves unos minutos más tarde? Llevo horas tratando de resolver este encaje.

—¿Horas? Querrás decir siglos. —Jon habla y la punta de su nariz se mueve graciosamente hacia abajo—. No puedo esperar otro siglo a que termines un encaje.

—No tienes idea del tiempo, Jon, ni del espacio. Me cuesta demasiado escapar de este marco tan reducido.

—Yo te ayudaré, como hicimos antes. Lo logramos, ¿recuerdas?, y pudiste dar un paseo por los salones de este hermoso palacio.

—Este hermoso palacio es un museo, Jon; y nuestro deber es quedarnos donde estamos.

—Victoria, es que quiero...

—Sofía, me llamo Sofía..., ¡ay, Dios! —Ha levantado los ojos y sin querer una aguja ha traspasado la yema de su dedo, unas gotas de sangre manchan el mantel—. ¡Mira, mira lo que me has obligado a hacer! ¡He echado a perder mi trabajo de horas, de siglos!

El Astrónomo no sabe qué hacer para solucionarlo, da paseítos de un lado a otro. La mancha del cuadro no se borrará jamás. Ya nunca será el mismo cuadro, ¿qué hacer, qué hacer?

Sofía llora desconsolada. El Astrónomo corre hacia el cuadro de Rembrandt titulado *El buey desollado* (1655), contempla por unos minutos la res abierta, sangrante, sus pupilas buscan hondo, y entonces se dirige a la sirvienta, en el fondo de la cocina, apenas visible. La escena es demasiado prosaica para su gusto, pero necesita preguntarle cómo podría borrar una mancha de sangre de un encaje finísimo. La mujer, desde la profundidad del claroscuro, le recuerda que sólo el pintor podría solucionar el problema. Sólo Vermeer en persona. El Astrónomo sabe que eso es imposible, que hay muy pocas posibilidades de que Vermeer se aparezca a contemplar su propia obra. Regresa desconsolado adonde la Encajera ha vuelto otra vez a la plenitud de su trabajo.

—Victoria, perdón, Sofía, ¡veo que has resuelto todo! Ni una gota de sangre, ¿cómo, cómo? Explícamelo.

La mujer, imperturbable, continúa elaborando su encaje.

—Yo quería llevarte a que vieras las estrellas, constelaciones que he descubierto yo solo...

El hombre habla en solitario, la mujer ni siquiera parece que lo escuche, ya no es más la presencia encarnada, ahora apreciamos exclusivamente la profundidad de su figura bañada por la luz que refracta en el óleo.

El Astrónomo da la espalda a la obra de Vermeer, sabe que es inútil que en estos momentos se establezca un diálogo, la magia y el misterio coinciden en contadas ocasiones.

La sala del museo sigue abarrotada de gente, es un día festivo y la afluencia de personas no podría ser mayor; ahora es cuando lo nota, antes había entrado en una especie de cápsula transparente que lo sometía a caer en un trance poético en el que no se daba cuenta de la multitud que invadía los recintos aledaños. Avanza tímidamente, rozando manos, y se estremece con la calidez de las pieles. Frente a él visualiza a una chica muy parecida a Victoria, o sea, a Sofía. Es ella, ¡claro que es ella, por supuesto! Peinada de otra manera, vestida sin embargo con la misma blusa color salmón y con el cuello de encaje que le bordea los hombros. El Astrónomo corre hacia ella, la toma entre sus brazos, estrujándole el encaje envejecido por el paso del tiempo. Besa y muerde sus labios de manera tan apasionada que la joven se debate por salvarse de aquel loco que la apresa con tan aparatoso salvajismo.

Por fin consigue deshacerse de sus garras, el rostro de ella enrojecido y furioso se separa brusco del de él. Solloza; en su labio caliente late una herida de colmillo, la gota de sangre le chorrea por la barbilla y cae en el encaje manchándole el fabuloso cuello, obra de una antigua encajera.

—¡Está loco! ¡Suélteme! —La joven ahora rodeada de curiosos se enfrenta al Astrónomo, que no sabe qué decir frente a su torpeza; ella advierte la mancha de sangre—. ¡Me ha mordido los labios, me ha...! ¡Me ha echado usted a perder la blusa de un antepasado de mi familia!

El Astrónomo huye despavorido por los salones, tropezando con los paseantes, en busca de su cuadro, ahora ocupado por un hermoso joven, mucho más hermoso e inteligente que él, quien también observa las estrellas que giran alrededor del globo terráqueo.

Desde entonces, el Astrónomo deambula por los recintos del museo, a la espera de que su cuadro vuelva a desocuparse y entonces pueda retomar tranquilamente su plaza poética de científico. Entre tanto, la novelista lo entretiene mostrándole a todos los santos, vírgenes, apóstoles habidos y por haber. Pero sobre todo, le dedicamos tiempo a la santa Ana de Leonardo da Vinci, de la que se ha enamorado perdidamente. Porque me dice que de la Encajera no quiere volver a saber en lo que le queda de existencia. ¡Ah, los hombres, todos iguales! Roñosos, despechados.

Sueños compartidos
con Alberto Durero

Sueños fragmentados, los peores, son los peores, a trozos, como esquirlas; repito, son peores que las pesadillas. Todo empezó porque soñé que regresaba a La Habana, con mi hija aún pequeña. Sin embargo, el regreso transcurría exactamente veinte años más tarde de mi exilio, lo que todavía no ha sucedido. En el momento en el que escribo estas líneas, sólo he vivido quince años de salida definitiva, y mi hija ya cumplió los dieciséis años. Pues yo volvía a la calle Empedrado 505, entre Villegas y Montserrate, donde vivía con mi madre antes de irme con mi primer hombre, que es otra forma de exilio.

Las llaves mohosas chirriaron en la cerradura. Abría la puerta y todo estaba en el mismo estado en que lo dejé cuando lo vi por última vez. Mi madre se hallaba ausente. «Han pasado veinte años», musité. Entré con mi hija en el cuarto, estábamos muy cansadas, regresábamos después de un largo viaje, de un largo exilio; nos acostamos a dormir en la cama de mi madre, allí donde yo dormí con ella hasta los dieciocho años. Nunca tuve cama propia. Apagué la luz.

A la mañana siguiente, el sol entraba a través de las persianas del pequeño cuarto de baño pintado de rosado mamey. Distinguí una pierna que sobresalía de la bañera. La pierna extendida señalaba hacia el techo, era la de un hombre, y estaba como chamuscada. Corrí al baño, en pocos pasos me encontré dentro del estrecho recinto, dentro del recipiente se pudría un cadáver irreconocible. Me di cuenta de que era un hombre por las dimensiones y las vestimentas. Pegué un grito, mi hija se despertó sobresaltada, empezó a gimotear, enseguida a llorar ante el espectáculo. Salí al balcón, llamé a gritos a Cuca, mi vecina, para que telefoneara a la policía, puesto que yo no tenía instalación telefónica.

La policía apareció en menos de diez minutos, extrajeron el cadáver del baño, chorreaba un líquido achocolatado y apestoso, era la sangre podrida. Lo colocaron en una esquina del colchón de mi madre, les pedí que no hicieran eso, que echarían a perder la cama. Uno de los policías se dirigió entonces a mí, y con un deje de cinismo me interrogó:

—¿Dónde está su madre? ¿Lo habrá asesinado ella? —Señaló hacia el cadáver con la punta del lápiz que llevaba en la mano—. ¿Conocía usted a la víctima?

—Señor, mi madre ha muerto hace años. —Y fue entonces, aquí, donde dentro del sueño me pregunté a mí misma qué hacía yo en ese sitio—. No puede haberlo matado porque ella ya es sólo cenizas. Yo no conocía al occiso, pero, además, se encuentra en tal estado de descomposición que aun cuando lo hubiera conocido, no habría podido identificarle.

—¿Quiénes son ustedes? —El interrogador volvió a señalar con el lápiz, esta vez a mi hija y a mí.

—Criaturas del sueño —respondí calmada.

Desperté, di tres vueltas en el edredón y volví a dormirme.

R. y yo montábamos en bicicleta por una explanada, cercana al Malecón habanero. Hacía mucho calor, era un mediodía bochornoso. De súbito, mis articulaciones no podían moverse, había quedado atrapada en una inmovilidad insoportable, R. también, y del mismo modo sucedía con los seres humanos que se hallaban a nuestro alrededor, dentro de nuestro paisaje; sólo el mar ondulaba, las nubes, mecidas por la brisa, se reflejaban en nuestras pupilas. Los humanos habíamos quedado en *stop motion*.

Alberto Durero se ha vuelto hacia mí, acabo de contarle dos fragmentos de sueño. Lleva los cabellos rubios recogidos debajo de una especie de cofia con pompón, de color rojo, algunas mechas le caen sobre la mejilla y los hombros. El rostro despejado, observa serio, la nariz perfecta, de aletas finas, la boca sonrosada, la barbilla ligeramente empinada, cuello armonioso encajado en unos omóplatos fuertes. Es un hombre muy apuesto. La camisa o blusa escotada muestra su pecho de joven fornido, encima una bata de seda verde bordeada de una cinta color grana destaca la elegancia de la figura del artista. En la mano, el eterno cardo, sus dedos juguetean con el gajo; y entonces, pensativo, desciende del marco y viene hacia mí, me toma de la mano; temblorosa, no rehúyo.

Es, a mi juicio, el mejor autorretrato del Museo del Louvre, y él sabe que me he enamorado de él, que para siempre será mi amante imaginario, y que deberá soportar eternamente mis confesiones secretas, así como las descripciones de mis sueños y pesadillas.

—Todo empezó por un sueño —susurra en mi oído, y me derrito de placer.

El *Autorretrato con flor de cardo* (1493), obra de Alberto Durero donde él mismo se representó sosteniendo un cardo, con veintidós años, es uno de los primeros retratos independientes del norte de los Alpes, y, de este modo, encara una serie de retratos que pintó a lo largo de toda su vida. La rama que sale del cardo fue interpretada en múltiples ocasiones como un símbolo de fidelidad a su amada, que era su novia, Agnes Frey, con la que se casó en 1494, pero el cardo en la mano también ha sido identificado como una referencia a la Pasión de Cristo (las espinas del cardo serían las espinas de la corona). Sin duda, cualquiera de las dos resultará una alusión poética. Encima de su cabeza pintó la fecha, y una frase de sumisión en la que se lee: «Mis asuntos siguen el curso que les fue asignado Allá arriba», lo que lo relaciona con Dios, aunque puede de alguna manera evocar un determinismo astrológico o cósmico. Durero intentaba relacionar, o comparar, las acritudes de la creación con los padecimientos de Cristo. En la otra mano, notamos un pincel, que fue añadido a posteriori.

Alberto guarda el pincel en su bocamanga y se coloca el

ramo de cardo detrás de su oreja. Hoy se ve más hermoso que nunca. Me toma entre sus brazos, me adula, besa mis mejillas, sus labios acarician mi piel de una manera vivificadora.

—No me gusta soñar con el regreso —replico—, luego me levanto aletargada, con un dolor hondo en el pecho, y el día se me va volando, porque no puedo apartar de mi mente lo que he presentido dormida.

—Es lógico, recuerda que todo comenzó por un sueño —insiste sin que yo pueda comprender demasiado el sentido de su frase, como si me hubiera olvidado del origen de su anunciación, y que sin embargo algún día lo supe.

Iba a cruzar la calle Línea hacia la otra esquina de M, en el Vedado, llevaba a mi hija de la mano. Entonces mis ojos parpadeaban, mi visión cambiaba, y detrás de un conjunto de árboles divisaba el Arco de Triunfo de París.

—¿Cómo puede estar situado este monumento aquí, en La Habana, detrás de un montículo de árboles, y tan gigantesco?

Parpadeé de nuevo y vi a mi hija adelantarse por ese montículo, y desaparecer. Era pequeña, y me dio miedo, corrí hacia la oscuridad del trecho. Parpadeé. Entonces me hallaba en otro sitio, en un salón de un hotel, y buscaba siempre a mi hija, pero ya no me encontraba en el mismo lugar, ni en el mismo año, ni en la misma época de mi vida. Volví a parpadear y me hallé nuevamente en París, antes de que me hija existiera, y caminaba por una calle hacia la plaza de Fürstemberg. Entonces me di cuenta de que siempre que parpadeaba, inevitablemente me trasladaba en el tiempo, cambiaba no sólo de sitio, también de época, y advertí que no conseguiría volver a ver a mi hija si no parpadeaba de forma continuada hasta que volviera a caer en el mismo lugar en el que la había perdido. Empecé a pestañear sin cesar, y pasé por etapas inesperadas de mi vida, incluso me vi naciendo de las entrañas de mi madre. Inevitablemente iba cada vez más hacia el pasado, y cuando llegué al instante en que el espermatozoide de mi padre hincó el óvulo de mi madre, ahí el proceso de mi parpadeo se dio a la inversa, y entonces, por fin, llegué a ese momento tremendo en que en la esquina de la calle Línea y M llevaba a mi hija de la mano. Pero de buenas a primeras se abrió un espacio en blanco frente a mí, como un hueco inmenso en el paisaje, y de ese hueco fuimos aspiradas ella y yo, y nos encontramos en otro sitio, en un restaurante chino, en la esquina de otra calle, en Nueva York. Cenábamos tranquilamente, ella tendría unos dos años...

—Y no recuerdo nada más, sé que era muy tarde cuando me tiré de la cama... Me encontraba totalmente descolocada, los pies pesados, adoloridos, y mis manos temblaban, ateridas de frío.

Alberto me pasó el brazo encima de los hombros. Ya no era el pintor, tal como lo habíamos visto salir de su autorretrato, ahora era un joven judío, se llamaba Ilam, y aunque su cara era la misma que la de Durero ya no estaba vestido igual, ni llevaba el cabello largo.

—¿Recuerdas cuando ibas a la heladería de mi padre, y mi padre nos daba helados de anón en jícaras, y nos sentábamos debajo del mostrador a zamparnos las bolas?

—Ilam Ny, el hijo del heladero judío, ¿qué haces, a qué juegas? Te advierto que estamos en el Museo del Louvre, que jamás podré salir de aquí, y que acabas de robarle la identidad a uno de los más grandes pintores que ha dado el universo, nada más y nada menos que a Alberto Durero.

—¿Me recuerdas entonces? —Sonrió y su sonrisa me mató; los dientes blanquísimos, y los ojos se le entrecerraron de manera felina.

—¡Cómo no iba a hacerlo, no me perdonaría! Eras, fuiste mi primer gran amor... Pero me rehuías, porque mi abuelo era chino, y mi abuela irlandesa...

—No te rehuía, lo que sucede es que los chicos se burlaban de que estuviese enamorado de la nieta del chino verdulero.

—Sí, eso, pero ese mismo chino verdulero fue el que le dio la idea a tu padre, y a tu tío, de hacer helados de frutas isleñas, de anón, de piña, de caimito, de marañón, y de otras tantas frutas... ¡Hicieron fortuna gracias a mi abuelo!

—Es cierto, mi padre siempre lo reconoció y le está eternamente agradecido a Maximiliano. Fueron grandes amigos, de hecho...

—Si tu tío no se hubiera entrometido...

—Mi tío quería irse de ese país donde ya sentía demasiada opresión a sus libertades, tuvo miedo de otra huida fatal, sin los seres que le quedaron con vida después de la fuga de Polonia.

—¡Los polacos, caramba, los polacos de la calle Muralla, los polacos de la heladería El Anón! —exclamé.

Cuando dejamos de vernos Ilam y yo, él contaba catorce años y yo doce. Él habría sido el hombre de mi vida y ahora argumenta que yo también lo hubiera hecho muy feliz. Pero no pudo ser. Yo fui la primera mujer que él vio desnuda. Dijo que poseía el cuerpo de la *Venus de pie en un paisaje* (1529) de Lucas Cranach *el Viejo*, y, como a ella, el pelo me llegaba por la cintura o más abajo, aunque lacio, y tímida me cubría con un refajo de seda transparente; la gargantilla era un lazo de terciopelo negro que le había arrancado al cinturón de un viejo vestido de mi madre, y al igual que ella me cubría la cabeza con una pamela de los años treinta que le había pedido prestada a mi abuela irlandesa.

—Siempre te gustaron los sombreros antiguos. ¿Te siguen gustando?

Asentí, sin embargo con el deseo de averiguar cómo había podido mutar de Alberto Durero en Ilam Ny, el hijo del heladero polaco.

—¿Cómo conseguiste transformarte de Alberto Durero en Ilam Ny?

—Es tu sueño, lo que tú sueñas se hace posible sin intermediarios, es un asunto entre tú misma y tu quimera.

—¿Existen las quimeras?

—Claro que existen las quimeras, mira, mira una allá... —señaló un tumulto de visitantes que rodeaba justamente a una muchacha de hombros redondos y caídos, senos pequeñísimos, vientre ligeramente abombado, pubis adolescente, un velo que más parecía dibujo que velo, demasiado transparente, que acentuaba aún más su desnudez.

Se trata de la Venus de Lucas Cranach *el Viejo*, precisamente, con su cabellera rizada que le cae encima de sus nalgas, el pie adelantado escarba entre las piedras dañándose los dedos entreabiertos, en la cabeza el sombrero ancho y rojo, al cuello anudada la gargantilla roja, del mismo tono del sombrero; una media sonrisa engalana sus mejillas, la mirada embebida en un silencio singular. No es realmente Venus, seguramente fue —como afirma Cheng— una dama de la nobleza. Sin embargo, hoy yo juraría que se trata de una joven cantante que busca empleo, o de una actriz que ha venido a exhibirse entre los espectadores del Louvre. Detrás de ella se abre un inmenso agujero, como si el fondo donde ella aparece recortada fuese de papel y, ahora rasgado por la mucha luz se amplía como la boca de una gruta en Bomarzo; detrás podemos observar un bosque alemán, y más lejana una laguna, y hasta una especie de castillo encima de un farallón.

¿Qué estaría pasando por la cabeza de Venus o de esa muchacha anhelante que sostiene un velo inadecuado para tapar su desnudez?

Miro hacia el lado donde se halla mi compañero, pero ya no es Ilam Ny quien me acompaña, ha vuelto Alberto Durero:

—Estás pensando en la Venus de Lucas Cranach *el Viejo*; puedo adivinarlo, y en su hermano, *El joven mendigo*, de Esteban Murillo.

—¿El joven mendigo de Murillo es su hermano? ¡Imposible!
—Claro que no, me digo para mis adentros.

—Claro que sí, la Venus de Lucas Cranach *el Viejo*, y *El joven mendigo* de Esteban Murillo son hermanos porque sin darte cuenta has querido tú misma que lo sean. Lo has escrito en alguna parte...

—Alberto, para, para, no... Jamás he deseado semejante tontería, ni siquiera la he deseado, ¿cómo podría escribirlo?

—Existen zonas del deseo, dentro de tu mundo onírico, que aún no se te han revelado por completo.

A veces pienso que Alberto Durero está loco, que es un pintor loco, y que es la razón por la que lo amo tanto.

—¿Sabías que hoy vuelve a ser nocturno el museo? ¿Sabías que hoy cientos de personas vendrán de todas partes del mundo disfrazados a interpretarnos?

—Oh, qué pesadilla.

La noche de los museos de nuevo; es la peor noche de mi vida, porque aunque casi siempre consigo identificar las obras verdaderas de las reales, me aterra que algún personaje pintado quede extraviado en la multitud, y lo roben, o se pierda, y no pueda regresar de su evasión del cuadro al cuadro mismo.

Anochece, mientras escribo en mi cuadernillo Alberto acaricia con sus dedos mi nuca, dice que deberíamos quedarnos así toda la vida, en esta posición de amantes. En cuanto dice esa frase, empieza a entrar una marejada de público, todos disfrazados de los personajes de los cuadros, todos listos para sumergirse en ellos. Los personajes pintados empiezan a descender de sus telas, a escapar apasionados hacia la aventura. Los primeros son los lanceros del cuadro de Paolo Uccello, de *La batalla de San Romano* (1435-1440), el tropel de caballos arrasa a pura cabalgata los salones, las lanzas entrechocan entre ellas haciendo un ruido ensordecedor que pronto deviene en eco y letanía.

Me abrazo a Alberto, refugiada en su cálido pecho. La novelista presiente atemorizada que algo extraño, sumamente misterioso y definitivo, ocurrirá esta noche.

Ben Stiller, el actor americano, hace su entrada por el lado contrario a la marea de personas, acompañado de un equipo de cine, enseguida montan el set y se ponen a filmar, y el actor a tutearse con los personajes pintados de los cuadros confundiéndolos con los visitantes que han venido vestidos como si fuesen figurantes de un filme.

Arrebujada en el pecho de Durero escucho los latidos de su corazón, y empiezo a respirar al unísono de sus pulmones. Parpadeo, entonces el pecho de Alberto Durero se abre, y una ráfaga de viento me absorbe hacia sus entrañas. Desde allí puedo divisar las escenas que se suceden en el Museo del Louvre, a

través de una especie de membrana gelatinosa roja, sanguino-
lenta, coagulada. Yo me he vuelto pequeñita, y mi cuerpo late,
late, semejante al principal órgano vital. Abro mi cuadernillo y
me pongo a escribir, solitaria, desde el rincón izquierdo del pecho de Alberto Durero, convertida ahora, por no sé cuánto tiempo, en su corazón.

Referencias bibliográficas

1001 peintures au Louvre: de l'Antiquité au XIXᵉ siècle. Musée du
   Louvre Éditions, 2005.
Pèlerinage au Louvre, François Cheng, de l'Académie Française.
   Flammarion, 2008.

Agradecimientos

Agradezco la inspiración de este libro a Manuel Mújica Láinez, y a su editor Pere Sureda.

París, primavera de 2009

Índice

La otra orilla es un sello editorial de Grupo Norma, S. A.

© 2009, Zoé Valdés
© 2009, de la presente edición en castellano para todo el mundo
Edigrabel, S. A. para
La otra orilla
Rosselló i Porcel, 21, 9.ª planta, 08016 Barcelona
(Grupo Norma, S. A.)
www.edicioneslaotraorilla.es

Primera edición: octubre de 2009

Diseño de la colección: Jordi Martínez
Imagen de cubierta: *Venus*, Lucas Cranach, Museo del Louvre
Agence photographique de la Réunion des musées nationaux

Director de producción: Rafael Marfil

ISBN: 978-84-92451-62-3
Depósito legal: NA-2141-2009
Composición: PACMER, S. A.
Impresión y encuadernación: Rodesa (Rotativas de Estella, S. A.)

Impreso en España – *Printed in Spain*

Otros títulos de
La otra orilla

LUIS L. NIEVES, *El corazón de Voltaire*

BEN OKRI, *Canciones del encantamiento*

BEN OKRI, *El camino hambriento*

BEN OKRI, *El mago de las estrellas*

WILLIAM OSPINA, *El País de la Canela*

WILLIAM OSPINA, *Poesía, 1974-2004*

WILLIAM OSPINA, *Ursúa*

JOHN WILLIAM POLIDORI, *El vampiro*

WLADYSLAW REYMONT, *El soñador*

WLADYSLAW REYMONT, *La tierra de la gran promesa*

EVELIO ROSERO, *En el lejero*

ANTONIO SARABIA, *Troya al atardecer*

MARCO SCHWARTZ, *El salmo de Kaplan*

S. SHANKAR, *El viaje no ha terminado*

BASHEVIS SINGER, *La muerte de Matusalén*

WILLIAM STYRON, *La decisión de Sophie*

WILLIAM STYRON, *Las confesiones de Nat Turner*

WILLIAM STYRON, *Esa visible oscuridad*

RABINDRANATH TAGORE, *Él. Cuentos para mi nieta*

ALBERTO TORRES BLANDINA, *Cosas que nunca ocurrirían en Tokio*

MINH TRAN HUY, *La princesa y el pescador*

JUAN TREJO, *El fin de la Guerra Fría*

ESTE LIBRO, COMPUESTO EN TIPOS GARAMOND 11,5 PT,

SE TERMINÓ DE IMPRIMIR, EN PAPEL OFFSET

AHUESADO DE 90 GR, EN SEPTIEMBRE

DE 2009, EN LOS TALLERES

DE RODESA